KB113101

처음 느낀 그대로

Beautiful Beginning by Christina Lauren

This Korean edition was published by Sallim Publishing Co., Ltd.
in 2016 by arrangement with the original publisher, The Gallery Publishing Group,
a division of Simon & Schuster, Inc.
through KCC(Korea Copyright Center Inc.), Seoul.

이 책은 (주)한국저작권센터(KCC)를 통한 저작권자와의 독점계약으로
살림출판사(주)에서 출간되었습니다.

크리스티나 로런 지음
공민희 옮김

Beautiful Beginning
잘생긴 개자식 두 번째 이야기

처음 느낀 그대로

Beautiful Beginning

1

“착하게 굴려고 노력 중이에요.”

다 접은 청첩장들을 옆으로 밀치며 나는 가쁜 숨을 내쉬었다. 하지만 베넷이 전혀 반응을 보이지 않자 이렇게 덧붙였다.

“그러니까 앞으로 착해지겠다고요.”

이 말에 베넷은 아주 짧게 미소를 지었다. 한 시간째 결혼식을 준비하는 예비 신랑 모드에서 벗어나지 못한 그는 눈앞에 산더미처럼 쌓인 청첩장을 다 접어버리겠다는 듯 기계적으로 일하고 있었다. 항상 깔끔했던 식탁 위에는 티파니 블루 빛 청첩장이 어지럽게 놓여 있었다. 베넷과 나는 마주 앉아 반으로 접은 청첩장을 식탁 한 켠에 차곡차곡 쌓았다.

단순한 일이었다.

접고, 옮기고.

접고, 옮기고.

접고, 옮기고.

접고, 옮기고.

하지만 마음은 복잡했다. 짐은 미리 싸두었지만 내일 아침 6시에는 샌디에이고로 가는 비행기를 타야 하고 아직 접지 못한 청첩장은 400장이나 남아 있었다. 게다가 하객들에게 나눠줄 사탕 상자 500개에도 리본을 묶어야 된다는 사실이 떠오르자 한숨이 절로 나왔다.

"오늘 밤을 더 잘 보낼 수 있는 방법이 뭔지 알아요?"

내가 물었다.

베넷의 담갈색 눈동자가 날 슬쩍 올려다보았다. 하지만 그는 이내 하던 일에 몰두했다.

접고, 옮기고.

"오럴섹스?"

"그것도 좋은 생각이지만 아니에요."

나는 손가락을 흔들어 보였다.

"좀 이따 라스베이거스행 비행기를 타고 결혼 서약을 하는 거예요. 그런 다음 커다란 호텔 침대에서 밤새 섹스를 하는 거죠."

베넷은 미소 한 번 짓지 않고 무반응으로 일관했지만 어쩌면 당연한 것이었다. 지난 몇 달 동안 나는 똑같은 말을 칠천 번도 넘게 했기 때문이다.

"그래요."

그의 묵묵부답에 내가 말을 이었다.

"그런데 난 지금 진지해요. 아직 늦지 않았으니까 다 집어치우고 라스베이거스로 가자고요."

베넷은 잠시 턱을 긁적이더니 다시 일에 몰두했다.

"물론, 그렇게 할 수도 있어. 클로에."

가볍게 던진 말을 진지하게 받는 그를 보니 온몸에 짜증이 밀려왔다. 나는 식탁을 손으로 탁 내리치며 그를 흘겨보았다.

"날 직원 대하듯 행동하지 말아요, 라이언."

"그래, 알았어."

난 그의 표정을 손가락으로 가리키며 말했다.

"지금과 같은 그 말투 말이에요."

내 약혼자는 무표정한 얼굴로 날 쳐다보더니 슬쩍 윙크했다.

젠장, 이 남자는 윙크할 때 정말로 섹시하다. 그는 날 무시했던 짜증나는 인간이고 나는 그에게 못되게 굴었었다. 그런데 어느새 분노는 순식간에 사라지고 욕망이 샘솟았다.

이런 상황은 어마어마한 오르가슴을 일으키기에 완벽한 조건이다.

나는 베넷을 쳐다보며 아랫입술을 깨물었다. 그는 목둘레가 해진 짙은 푸른색 티셔츠를 입고 있었는데 눈에 띄지는 않지만 티셔츠 아랫단 바로 위에 작은 구멍이 있었다. 그 속으로 손가락을 넣으면 따뜻한 그의 배를 만져볼 수 있을 것이다. 베넷은 지난주부터 계속 그 티셔츠 차림이다. 나는 세면대에서 섹스 할 때 그 티셔츠를 감싸쥘 상상을 하며 다른 것으로 갈아 입지 못하게 했다.

허벅지 사이가 쑤셔오는 것이 느껴져서 의자 위에서 살짝 몸을 움직였다.

"침대로 할래요, 아니면 바닥으로? 당신이 선택해요."

그가 여전히 무반응으로 일관하자 나는 이렇게 속삭였다.

"아니면 식탁 밑에서 오럴섹스부터 해줄까요?"

무심히 청첩장을 접고 있던 베넷이 미소를 머금고 말했다.

"결혼식 준비를 하면서도 섹스 생각에서 못 벗어나고 있군."

나는 몸을 살짝 뒤로 젖히고 그를 유심히 쳐다보았다.

"무슨 남자가 그런 말을 해요? 당신은 정말 이상해요."

그 말에 마침내 베넷이 욕망이 가득 담긴 시선으로 날 쳐다보며 말했다.

"장담하는데 이상한 쪽은 내가 아니야. 우선 이 일부터 끝내고 당신에게 완전히 몰두하고 싶어서 그래."

"그럼 지금 당장 내게 몰두해요."

난 징징거리며 자리에서 일어나 그에게 다가가 손가락으로 그의 머리카락을 잡아당겼다. 베넷이 눈을 감고 끙끙대자 온몸으로 짜릿한 전율이 흐르며 아드레날린이 마구 치솟았다.

"당신이 번 돈은 다 어쨌어요? 사람을 써서 이 일을 끝내는 게 어때요?"

베넷이 웃음을 터트리며 내 손목을 잡아 자신의 머리에서 떼어내고는 내 손등에 키스한 뒤 내 손을 식탁 위에 내려놓았다.

"샌디에이고로 가기 전날 밤에 청첩장을 접어줄 사람을 고용하자고?"

"맞아요! 우리는 섹스를 해야 하니까요!"

"하지만 청접장 접는 편이 더 좋지 않아? 나란히 앉아서 말이야."

그가 와인 잔을 들어 길게 한 모금을 넘긴 후 말했다.

"행복한 약혼식을 치른 두 사람이 즐거운 대화를 나누면서."

나에게 죄책감을 심어주려는 의도가 뻔히 보여 나는 고개를 절레절레 흔들었다. 나는 그의 눈을 똑바로 쳐다보며 말했다.

"난 섹스를 하자고 했어요. 뜨겁고 끝내주게 이 바닥에서요. 그것도 오럴섹스를 말이에요. 그런데도 이깟 청첩장이나 접겠다고요? 지금 분위기를 잡치는 사람이 누군데요?"

그는 청첩장을 집어들어 곰곰이 바라볼 뿐 내 말에 대꾸하지 않았다.

"프레드릭 밀스와…."

그가 큰 소리로 청첩장을 읽기 시작했고 나는 머리 위로 티셔츠를 벗었다.

"엘리엇과 수잔 라이언 부부는 두 가문의 자녀 클로에 캐롤라인 밀스와 베넷 제임스 라이언의 결혼식에 여러분을 초대하는 바입니다."

"그래요, 아주 낭만적이군요."

내가 속삭였다.

"이리 와서 날 만져요."

"주례는…."

그가 말을 이었다.

"그 유명한 제임스 마스터스 목사님께서 맡아주시겠습니다."

나는 한숨을 쉬며 티셔츠를 바닥에 내려놓고 바지를 벗으며 말했다.

"11월에 만난 그 우스꽝스런 치매 초기 환자 대신 스파이크가 주례를 맡아준다면 얼마나 좋을까요."

"마스터스 목사님은 35년 전에 우리 부모님의 결혼식 주례를 맡아주셨던 분이야."

베넷이 살짝 훈계하는 투로 말했다.

"로맨틱하잖아, 클로에. 그리고 목사님이 바지 지퍼 올리는 걸 깜박한 건 누구라도 저지를 수 있는 실수야."

"세 번이나 그런 건?"

"클로에."

"좋아요."

나는 남의 약점을 찌른 것 같아 살짝 죄책감이 들었다. 기력이다 떨어진 노인에 대해 떠올려보았다. 지난 가을 웨딩박람회에서 목사님을 만났고 그는 한 시간 동안 무려 세 번이나 화장실에 갔다가 지퍼를 채우지 않은 채로 돌아왔다.

"하지만 당신은 그 분이 우리를 기억할 거라고 생각하는 거죠."

내 말이 채 끝나기도 전에 베넷이 속옷만 입고 있는 나를 발견하고는 놀란 표정을 짓더니 곧장 완전히 음흉한 표정으로 바뀌었다.

"그러니까 내 말은."

나는 브라 훅을 풀려고 손을 뒤로 가져가며 말했다.

"우리 결혼식 도중에도 그분이 모든 것을 다 잊어버리지 않으면 좋겠다는 거예요."

베넷은 내 가슴이 드러나기 전에 청첩장으로 시선을 돌리려고 노력했다. 그는 엄지손가락으로 종이 가장자리를 누르며 제대로 각을 잡았다.

"당신은 지금 날 괴롭히고 있어."

"알아요, 상관 안 해요."

그 말에 베넷이 눈썹을 들썩거리더니 날 올려다보았다.

"이제 거의 다 끝났어."

난 청첩장 접는 일이 별일이 아니라는 점을 알려주려다가 참았다. 다음 주면 두 집안이 함께 휴가를 보내느라 정신이 없을 텐데 지금 섹스를 해두는 것이 여러모로 낫지 않을까? 아버지와 얼마 전 이혼한 술꾼 고모들만 상대하는 것도 모자라 베넷의 가족, 맥스, 윌까지 가세할 텐데 별일 없이 넘어간다면 기적일 것이다.

난 이런 얘기를 구구절절 꺼내는 대신 이렇게 속삭였다.

“짧게 얼른 하는 게 어때요? 기분 전환도 할 겸.”

베넷이 몸을 앞으로 숙여 내 가슴 위로 거친 숨을 몰아쉬더니 고개를 옆으로 돌려 왼쪽 젖가슴에 입을 맞췄다.

“한번 시작하면 멈출 수 없을 것 같아.”

“당신은 간섭받는 것을 싫어하고 나는 육체적인 만족을 미루는 것이 싫어요. 우리 중에 누가 더 급하죠?”

베넷이 젖꼭지를 핥은 다음 입안으로 깊숙이 빨아들였고 내 허리를 감싸더니 이내 엉덩이로 내려가 거칠게 팬티를 벗겼다.

그가 반대쪽 가슴을 핥다가 고개를 들었다. 그의 눈빛에 생기가 돌았고 이내 그의 손이 내 엉덩이와 허벅지 사이를 마구 애무했다.

“못 말리는 아내의 욕구를 채워주고 나서 당신이 잘 때 청첩장 집는 일을 마무리해야겠어.”

나는 손바닥으로 그의 정수리를 움켜쥐며 말했다.

“사탕 상자에 리본을 묶는 것도 잊지 말아요.”

내 말에 그가 살짝 웃음을 터트렸다.

“알았어, 안 잊어버릴게. 자기.”

그의 대답이 따뜻한 바람처럼 내 몸을 감쌌다. 난 정말로 이 남자를 사랑한다. 그의 눈빛에서 느껴지는 모든 감정들, 지금 이 순간 그가 생각하고 있는 것까지 전부 다.

'지금 우리가 하고 있는 이 모든 일을 주도한 사람은 나다.'

'사돈의 팔촌까지 결혼식에 참석해도 괜찮다고 설득한 사람도 나다.'

'코로나도 해안가에서 웨딩드레스를 입는 기회를 결코 놓칠 수 없다.'

하지만 지금까지 잘 해주고 있는 사람은 내가 아닌 그라는 점도, 라스베이거스에서 후딱 해치우는 결혼식으로는 내가 절대 만족하지 못할 것을 아는 그가 알아서 이 모든 것을 감수하고 있다는 점도 나는 알고 있다. 그는 자리에서 일어나 침실로 걸어갔다.

"좋아, 그럼 이게 우리가 결혼 전에 하는 마지막 밤 섹스야."

나는 '섹스'라는 말을 듣고 정신이 멍해져서 할 말을 잃고 그가 복도를 지나 침실로 사라지는 모습만 가만히 지켜보았다.

침실로 들어서자 베넷은 청바지 버튼을 풀고 바지와 속옷을 벗고 있었고 나는 그 모습을 감상했다. 그는 티셔츠 아래 자락을 잡더니 눈썹을 들썩이며 이렇게 묻는 것 같았다. 오늘은 이걸 벗어? 말어? 내가 고개를 끄덕이자 그는 티셔츠를 머리 위로 훌렁 벗었다. 그러고는 침대에 누워 나를 쳐다보며 말했다.

"이리 와."

그가 조용히 으르렁거렸다.

나는 침대로 다가가다 그가 손을 뻗어도 닿지 않을 만한 위치에서 멈춰섰다.

"당신이 '우리가 결혼 전에 하는 마지막 밤 섹스'라고 했으니 이번 주는 낮에만 섹스를 한다는 뜻인가요?"

내 말에 그의 입꼬리가 살짝 들렸다.

"아니, 내 말은 오늘 밤이 지나면 당신이 내 아내가 될 때까지 자제하겠다는 뜻이야."

그의 대답은 낯설고 당혹스러웠지만 얼마나 진지하게 받아들여야 하는 건지는 감이 오지 않았다. 나는 침대로 기어올라가 그의 가슴에 입을 맞췄다.

"자제가 무슨 뜻인지는 알지만 그 말은 화요일부터 토요일까지 섹스 하지 않겠다는 말로 들리는군요."

"그래, 맞아."

두꺼운 손가락이 내 머리카락을 움켜쥐며 단단하게 솟아 있는 페니스를 향해 바짝 끌어당겼다.

나는 내 입과 높이를 맞추려고 매트리스 위로 반쯤 들린 그의 엉덩이 앞에서 고개를 멈췄다.

"왜 갑자기 자제하겠다는 생각을 했어요?"

"세상에, 클로에. 날 그만 희롱하고 얼른 입에 넣어줘."

난 그의 말을 무시하고 몸을 세운 뒤 허벅지 위에 올라타 그가 꼼짝달싹하지 못하게 만들었다.

"결혼식 준비 때문에 골머리가 지끈거리는데 앞으로 나흘 동안 섹스를 하지 않겠다고 생각하다니 제정신이 아니군요."

"난 완전히 제정신이야."

그가 페니스를 삽입하기에 좀 더 좋은 위치로 날 끌어당기며 말했다.

"좀 더 특별하게 하고 싶어서 그러는 거야. 그리고 결혼 준비를 마치기 전에 얼른 해치우자고 한 사람이 누군데?"

그가 손으로 내 엉덩이를 붙잡더니 곧장 페니스 위로 안착시켰다.

"그러니 그만 툴툴거려."

하지만 나는 베넷의 갈비뼈 사이를 간질이고 그 틈에 얼른 몸을 빼자 그가 손사래를 쳤다.

나는 그의 완벽한 입술에 키스하며 말했다.

"그건 당신의 멋진 몸을 만질 기회가 밤 열두 시까지라는 걸 모르고 한 말이잖아요. 우리는 토요일이면 결혼해요. 이제 시간이 거의 없어요. 그러니 어떻게 이 순간이 특별하지 않을 수 있어요. 지난 일주일 내내 당신은 잭 해머로 머리가 뚫린 것처럼 멍하게 있었잖아요."

"난 당신이 조금 굶주리길 바랐어."

베넷이 몸을 일으키며 말했다. 그의 입술이 내 목, 쇄골, 가슴에 닿았다.

"난 당신이 너무 굶주려 아무 생각도 들지 않았으면 좋겠어."

그는 열기를 내뿜으며 내 몸을 붙잡고 피부를 빨았다. 나는 허벅지를 누르는 단단한 감촉을 익히 알고 있었고 그가 내 안으로 들어와 급박하게 몰두하는 소리를 듣고 싶다.

그런데 문득 이런 생각이 들었다.

"그러니까 당신은 내가 신혼 첫날밤에 입을 비싼 속옷을 갈기갈기 찢으며 덤빌 만큼 굶주리길 바라는 거군요."

그는 내 가슴에 대고 웃음을 터트렸다.

"꽤 그럴듯한 발상이지만, 그건 아니야."

나는 베넷 라이언과의 말싸움에서 승산이 없다는 걸 잘 알고 있었다. 적어도 이곳에서는. 그의 언변은 당할 재간이 없다. 그저 몸으로 누르는 수밖에. 나는 베넷 앞에 무릎을 꿇고 앉아 그의 짤막한 한숨을 들으며 미소를 지어보였다. 그러고는 몸을 돌려 그의 얼굴 위에 올라타고 동시에 페니스를 입속에 넣었다. 그는 간절하게 손으로 내 엉덩이를 잡으며 더 아래로 끌어내렸다.

그의 부드러운 혀가 외음부를 따라 밀려들며 핥기 시작하자 따뜻한 센세이션이 흘러 저절로 눈이 감겼다. 그러고는 재빨리 그의 신음 소리, 달콤한 말들, 치아의 희롱과 점차 거칠고 절박해지는 입놀림 속으로 빠져들었다. 내 아래에서 그는 몸을 흔들고 안달했고 나는 손으로 길고 부드러운 페니스를 느긋하게 어루만졌다. 엉덩이를 들썩이며 어쩔 줄 몰라 하는 그를 느끼는 것이 좋았다.

나는 짓궂은 미소를 지으며 페니스 끄트머리에 숨을 내쉬며 이렇게 속삭였다.

“당신 입술의 감촉이 정말 좋아요.”

그 말에 베넷이 신음하더니 더욱 강하게 몸을 밀어붙였다. 나는 그와 몸을 밀착하고는 두꺼운 페니스 위로 뜨거운 숨을 헐떡이며 한 손으로 고환을 잡고 부드럽게 어루만지며 페니스 아래쪽 절반도 쓰다듬었다. 하지만 페니스 끄트머리에는 오로지 숨만 불어넣었다.

그는 오로지 입술만으로 내가 절정에 오르도록 만들 수 있었고 나는 거의 다다른 상태였다. 내가 한 장난과 뜨거운 열기가 하나가 되어 센세이션을 불러와 오르가슴을 일으키려 하고 있었다. 베넷의 입술이 내 성기에 닿아 있는 상태에서 그를 놀리며 얻는 쾌감까지 더해져서 말이다. 마치 등줄기로 불꽃이 떨어져 다리를 타고 내려가 폭발하는 것 같은 느낌에 모든 감각이 일시적으로 마비되는 듯했다. 나는 그의 얼굴에 대고 사정할 뻔했고 무아지경에 빠져 페니스를 마구 흔들었다.

잠시 후 흥분이 좀 가라앉자 그는 천천히 클리토리스, 엉덩이, 허벅지에 키스하고는 나를 침대에 눕혔다. 나는 배와 가슴 위에 손을 올리고 두근거리는 심장을 진정시켰다. 베넷에게 최고의 전희를 선사하는 데 방해가 될지도 모르지만 전능한 베넷 라이언님의 오르가슴을 진정시키려면 충분한 시간이 필요했다.

"너무 좋았어요."

나는 가쁜 숨을 고르며 웅얼거렸다.

"당신 혀는 전지전능한 그리스 신 같아요."

그가 열정이 담긴 눈길로 내 위에 올라탔다.

"당신이 무슨 생각을 하고 있는지 알아."

나는 눈을 뜨고 흐릿한 시선으로 베넷을 쳐다보며 물었다.

"내가 무슨 생각을 하는데요?"

그가 갈비뼈 위로 올라타자 난 미소를 지으며 그의 허벅지를 어루만졌고 그는 천천히 기다란 페니스를 가까이 가져왔다. 그의 목소리가 연기처럼 자욱하게 느껴졌다.

"당신이 이 싸움에서 이겼다고 생각하겠지."

"무슨 싸움이요?"

그는 웃음을 터트리며 내 얼굴 옆으로 팔을 뻗으며 자신의 몸을 나에게 더욱 밀착시켰다. 이제 페니스가 내 입 바로 앞에 와 있었고 몸을 구부리자 손을 대지 않아도 페니스의 끝부분이 내 아랫입술을 간질였다. 난 아무 생각 없이 혀를 내밀어 젖은 그곳을 맛보았다. 입에 침이 감돌면서 젖꼭지가 부풀어 올랐다. 나는 그가 내 입속에 자신을 밀어 넣고 앞뒤로 움직이는 모습을 보고 싶었다.

그가 살짝 뒤로 물러나는 바람에 나는 눈앞에서 천천히 흔들리는 페니스를 가만히 지켜볼 수밖에 없었다.

"당신 목에 뛰는 맥박이 보여."

나는 침을 삼키며 물었다.

"그래서요?"

"그래서…."

베넷이 잘난 척하는 미소를 지으며 말했다.

"당신이 페니스를 얼마나 원하는지 알 수 있다고."

그가 몸을 앞으로 숙였고 페니스가 내 입술에 닿을락 말락 하더니 다시 뒤로 물러났다.

"입속에 넣고 싶겠지."

그의 손이 빠르게 움직였고 나는 가빠지는 숨소리를 들을 수 있었다.

"혀로 핥고 싶겠지."

베넷이 맞았다. 나는 너무나도 간절히 원하고 있어서 온몸에 힘이 들어갔고 열기가 솟구쳤다.

"당신만큼은 아니에요."

나는 잠긴 목소리로 대꾸했다.

"섹스를 하지 않고 하루도 못 버티잖아요."

그가 잠시 망설이더니 몸을 더 많이 구부렸다. 완벽한 순간이었다. 이제 베넷이 내 다리를 벌리고 아침 해를 맞을 때까지 강렬하게 섹스를 해줄 차례라고 생각하는데 그가 갑자기 고개를 저으며 몸을 일으켰다.

"지금 뭐하는 거예요?"

나는 속옷을 입는 그의 모습을 황당한 표정으로 바라보았다.

"당신이 틀렸다는 것을 증명하고 있어."

그러고는 문을 벌컥 열렸고 그는 밖으로 나가버렸다.

"왜 그렇게 고집이 세요?"

나는 그를 향해 고함을 질렀지만 콧방귀를 끼는 소리만 복도에 울려 퍼질 뿐이었다.

"오늘 아침에 내가 오럴섹스를 해준 거 잊었어요? 그러니까 엄밀하게 당신은 오늘 섹스를 한 거야!"

'그가 돌아올 거야.' 나는 이렇게 생각했다. '돌아온다고 100퍼센트 확신해. 그러니 기다릴 수 있어.'

나는 가만히 누워 천장을 쳐다보았다. 온몸이 붉게 달아올랐고 허벅지 사이에서 무거운 열기가 느껴졌다. 아직 몸이 머리의 말을 듣지 않았고 여전히 그를 쫓아가 진짜 섹스를 하자고 조르고 싶은 마음뿐이었다. 남자와 여자의 생식기가 서로 맞닿아 빠르게 움직이는 행위를 말이다.

침실의 침묵을 깨고 냉장고 여는 소리가 나자 나는 침대에서 벌떡 일어났다. 간식이라도 챙겨 드시겠다?

더 생각할 겨를도 없이 나는 실오라기 하나 걸치지 않은 몸으로 한달음에 복도로 걸어갔다. 단단한 나무 바닥을 미끄러지듯 달려 품 안 가득 음식을 안고 냉장고 문을 닫고 있는 베넷 앞에 멈춰 섰다.

"지금 나한테 장난치는 거예요?"

"칠면조 샌드위치나 만들려고요?"

그는 고개를 돌려 날 쳐다보았고 이내 시선이 얼굴을 타고 내 알몸을 구석구석 훑었다. 그는 지금 얼마나 섹스가 하고 싶은지 굳이 숨기려 하지 않았고 다시 내 얼굴을 쳐다보며 이렇게 말했다.

"내 약혼녀가 못되게 구는 행동을 멈추든 아니면 내 페니스가 혼자 오럴을 할 수 있게 되기 전까지는 그냥 요기나 하면서 기다리려고."

"그치만…."

나는 그가 성적으로 박탈감을 느끼지 않으면서도 다시 날 차지할 수 있는 방법을 생각해보았다. 베넷이 즐거운 듯 입꼬리를 반쯤 올리며 웃자 나는 인상을 썼다.

"경솔하군요."

"당신은 섹스를 원하지만 내 방식대로 해야 해. 오늘이 바로 그 날이야, 밀스. 사실."

그는 자기가 세운 계획이 흡족한 듯 미소를 지었다.

"당신이 그 이름을 쓰면서 하는 섹스는 오늘이 마지막이야."

이 문제는 그냥 넘어갈 수 없었다.

"이름에 관련해서는 정확히 합의하지 않았잖아요, 라이언. 난 아직도 클로에 마이언과 베넷 릴스 사이에서 조율 중이라고요."

"그래, 당신 생각이 정리되면 알려줘, 클로에."

그는 한동안 내 눈을 지그시 바라보더니 내가 뒤꿈치를 살짝 들어올리면 키스를 할 수 있을 만큼 고개를 내 앞으로 가까이 숙였다. 내가 가까이 가려고 하자 그는 살짝 뒤로 물러섰다.

"당신이 '부탁이에요, 베넷. 난 섹스가 필요해요'라고 말하면 난 당신이 의자에 앉을 때마다 생각날 아주 강렬한 섹스를 해줄 거야."

난 뭐라고 할 말이 없어서 연신 입만 벙긋거렸다. 베넷은 알겠다는 듯 미소를 짓더니 몸을 돌려 샌드위치 준비에 매진했다.

셔츠를 입지 않아 우람한 상반신이 그대로 드러났다. 매끄럽고 부드러운 피부에 봄 햇살을 받아 그을린 민소매 자국이 남아 있었다. 겨자 소스 뚜껑을 열 때, 수저가 담긴 서랍을 열고 칼을 꺼낼 때, 식빵을 꺼낼 때 잘 발달된 팔 근육이 한눈에 들어왔다. 그런 단순한 동작을 하는 그를 지켜보는 것만으로 세상에서 가장 섹시하고 멋진 포르노 한 편을 감상하는 것 같은 기분이 들었다. 그의 팔뚝, 검은색 머리카락, 그을린 피부, 근육의 곡선이 너무 좋았다.

'세상에, 이런 멍청이.'

베넷의 이마 위로 앞머리가 헝클어져 있었다. 그때 그가 혀로 입가에 묻은 겨자 소스를 핥았다. 난 그 모습을 넋을 잃고 쳐다보며 그의 몸 전체를 샅샅이 훑었다. 그런데 헐렁하게 골반에 걸친 팬티 위로 페니스가 여전히 단단하게 발기되어 있었다.

'어머, 이럴 수가.'

나는 다시 입을 벌렸지만 그는 날 쳐다보지도 않고 몸을 옆으로 살짝 구부리더니 내 입술에 귀를 가져다댔다. 떨리는 숨이 내쉬며 나는 눈을 꼭 감았다.

"베넷…?"

"뭐라고?"

그가 물었다.

"잘 안 들리는데."

나는 침을 삼킨 뒤 나지막이 말했다.

"부탁이에요."

"뭘 부탁하는 거지?"

'젠장, 베넷, 어디 혼자 실컷 잘 해봐'라는 말이 목구멍까지 치솟았다. 하지만 누구 좋으라고? 난 그와 섹스 하기를 바랐다. 그래서 길게 심호흡을 한 다음 이렇게 말했다.

"부탁이에요, 베넷. 당신과 섹스를 하고 싶어요."

내 말이 채 끝나기도 전 쾅 하는 소리가 났다. 베넷이 팔로 아일랜드 식탁 위를 단번에 쓸어버리자 바낙으로 모든 음식들이 떨어진 것이다. 유리잔은 산산조각이 났고 칼은 타일 위로 떨어져 걸레받이에 가서 부딪혔다. 베넷은 날 끌어안고 혀를 밀어 넣으며 키스했고 깊고 진한 신음을 내뱉었다.

더 이상 장난기도, 부드러움이나 자상함도 없었다. 그는 날 아일랜드 식탁 위에 올리고 차가운 대리석 상판 위에 눕힌 다음 손바닥으로 내 가슴 한 가운데를 꾹 눌렀다. 그리고 다른 손으로는 다리를 벌리고 발기한 페니스를 팬티 위로 꺼냈다. 내가 얼마나 섹스를 원하는지, 잠깐 동안 나에게 짓궂게 행동한 것을 얼마나 미안해하고 있는지, 그의 이런 원초적인 모습이 얼마나 날 흥분시키는지 설명하기도 전에 그는 곧장 깊숙이 삽입해왔고 능숙하고 빠르게 엉덩이를 움직이며 왕복운동을 시작했다.

가슴을 누른 손에 힘을 빼면서 그는 더 가까이 다가오더니 내 다리를 어깨 위에 걸치고 아주 깊숙이 들어왔고 강렬함이 척추까지 전해졌다. 그리고 손으로 내 엉덩이를 잡아 고정하고 자신은 고개를 뒤로 젖힌 상태로 섹스와 본인의 쾌락을 즐겼다. 아일랜드 식탁은 충분히 단단해 그의 움직임을 버텨낼 수 있었지만 나는 고개를 돌리고 가장자리를 붙잡아 그에게 더 많이 몸을 밀착하려고 했다. 하지만 그 정도로는 부족했다. 더 강하고 더 깊고 더 촉촉하고 더 자극적인 섹스가 필요했다. 한동안 이런 섹스를 하지 못했다는 것을 알고 있고 그의 손길만이 날 스트레스에서 해방 시켜줄 수 있다는 것을 누구보다도 잘 인식하고 있었다. 난 전보다 더 깊숙이 그를 받아들이고 싶었고 어쩐지 그 생각에 더욱 집착하게 되었다.

"세상에, 당신은 완전히 젖었어."

베넷이 신음하더니 눈을 뜨고 날 쳐다보았다.

"내가 어떻게 당신에게서 떨어질 수 있겠어? 내게 섹스가 얼마나 중요한지 당신은 결코 모를 거야."

"그런데 왜 그랬어요?"

내가 물었다.

"왜 해서는 안 된다고 말했어요?"

그는 어깨 위에 내 다리를 올린 상태로 몸을 구부려 내 허벅지가 가슴을 눌렀다.

"왜냐하면 지금이 내 인생에서 유일하게 섹스를 멈추고 욕망을 억누르고 당신 옆에서 즐길 수 있는 시간이기 때문이야."

그는 내 목에 대고 숨을 헐떡이더니 피부를 핥았다. 베넷의 혀와 치아, 손길이 마치 불꽃처럼 뜨거웠다.

"10분만, 15분만, 1시간만 당신과 단 둘이 있을 곳을 찾고 싶다는 생각을 하지 않고 싶었어. 우리를 축하해주러 온 사람들이 오히려 우리를 떼놓는 것에 화를 내고 싶지 않았어."

그가 조용히 숨을 헐떡이며 말했다.

"난 당신에게 집착하고 있고 섹스도 마찬가지야. 그래서 당신에게 내가 절제할 수 있다는 것을 보여주고 싶었어."

"그게 내가 원하는 것이 아니라면요?"

베넷은 내 목에 얼굴을 묻고 미적거렸지만 난 그의 몸이 이제 되돌릴 수 없는 상태가 되었다는 것을 알고 있었다. 그는 질 안으로 들어와 성감대를 찾았고 규칙적인 움직임에 내 머릿속 의구심은 사라지고 그저 다리 사이에서 느껴지는 감정에 집중하게 되었다.

나는 다리로 그를 감싸고 당겼다 밀쳐내는 움직임을 느끼며 쾌락을 즐기기 시작했고 이내 손톱으로 그의 어깨를 파고들며 더욱 깊숙이 그를 받아들였다. 딱딱하고 차가운 대리석 상판 때문에 등이 결렸지만 점차 급박해지는 움직임에 신경 쓸 틈이 없었다. 내 몸에 멍이 들 테지만 상관없었다. 그가 내 안에서 느끼고 지쳐 쓰러지기만을 바랄 뿐이었다.

오르가슴이 찾아오면서 온몸으로 날카로운 센세이션이 흐르고 가득 채워지고 또 파괴되는 듯 벅찬 느낌이 들어 눈앞이 캄캄해졌다. 나는 비명을 지르며 그가 내 몸 위로 체중을 실어주기를 갈망하며 그럴 더 세게 끌어당겼다.

그의 움직임이 점차 빨라지고 거칠어지더니 마침내 몸이 뒤틀렸다.

"제기랄!"

사정과 동시에 베넷의 고함소리가 둥근 천장까지 울려 퍼졌고 그렇게 그는 그대로 얼어붙었다.

"젠장!"

차가운 대리석 상판에 누워 있었지만 우리는 땀범벅이 되어 거친 숨을 몰아쉬었다. 베넷은 몸을 일으켜 세우더니 다시 천천히 왕복운동을 시작했다. 멈춰야 하지만 그렇게 하기 싫다는 듯 그는 삽입과 후퇴를 반복했다. 붉게 달아오른 나의 피부 위로 열렬한 시선을 보냈다.

그는 이미 사정했지만 끝난 것 같지 않았다. 마치 살짝 간만 본 포식자가 본격적으로 먹이를 먹으려 하는 것처럼 보였다. 난 그의 이런 점이 마음에 들었다. 평상시의 정돈된 모습과는 다른 헝크러진 모습 말이다. 그의 눈동자는 어두워져서 거의 보이지 않을 정도가 되었다. 굶주린 손길은 내 다리와 엉덩이, 옆구리를 이리저리 어루만지다 젖꼭지를 강하게 희롱했다. 손은 내 가슴을 움켜쥐고 주무르다가 이내 몸을 구부려 입술로 강하게 피부를 빨기 시작했다.

"몸에 자국을 남기지 말아요, 자기."

이렇게 말하는 내 목소리는 작고 쉬어 있었다.

"웨딩드레스를…."

그러자 베넷이 행동을 멈추고 나를 쳐다보았다. 그의 눈빛에서 우리 말고도 신경써야 할 다른 사람들이 있으며 곧 있을 결혼식에서 그들과 만나야 한다는 생각을 읽을 수 있었다. 어깨 끈이 없는 웨딩드레스를 입을 거라 키스 마크나 물린 자국이 나서는 안 된다는 생각이 퍼뜩 든 것이다.

"미안해."

그가 조용히 속삭였어.

"난 단지…."

"알아요."

베넷이 말을 흐리자 나는 그의 머리카락을 잡고 내 쪽으로 끌어당겨 꼭 안아주었다. 아일랜드 식탁 위에 누워 내 위로 몸을 기대고 있는 이 남자와 영원히 그렇게 있고 싶었다.

그는 길게 심호흡을 하고는 바로 체중을 실었다. 갑자기 그는 지친 듯 보였다. 지난 몇 달간 그는 결혼식의 모든 준비 과정을 도와주었고 내가 이성을 잃지 않도록 잡아주며 스스로도 컨트롤하고 있었다. 난 그의 머리카락을 손으로 감싸 쥐며 눈을 감고 베넷 역시 한낱 인간에 불과하다는 사실을 다시금 즐겁게 떠올렸다. 그는 완벽한 애인이자 완벽한 상사고, 완벽한 친구다. 어떻게 그 모든 것을 다 잘해낼 수 있을까? 언젠가 그는 자신의 생각에 일일이 토를 달지 않는 조용한 여자 친구를 원하게 될 것이다. 순간 이런 의구심이 일었지만 생각을 멈추고 미소를 지어보였다.

베넷 라이언은 완벽주의자에 요구사항이 많고 고집불통에다 권력에 굶주린 얼간이다. 어떤 여자도 그와 2초를 채 버티지 못하고 산산조각이 날 것이다.

어쩌면 나도 언젠가는 나긋나긋한 남자 몸종과 사랑에 빠질지도 모르지만 나의 잘생긴 개자식을 버릴 생각은 추호도 없다.

그가 몸을 일으키고 내 가슴 사이에 키스하더니 아쉬운 듯 탄식을 내뱉고 날 일으켜주었다. 그러고는 몸을 구부려 팬티를 집어 걸치더니 뜨거운 시선으로 젖은 내 나체를 샅샅이 훑었다.

"청첩장 접는 일과 사탕 상자에 리본다는 일을 마쳐놓을게."

그가 손으로 얼굴을 닦으며 말했다.

"당신은 주방을 정리해줘. 그리고 나머지는 침대에서 하자고."

"아니, 싫어요."

난 한쪽 팔꿈치를 쭉 펴며 말했다. 주방은 엉망진창이었다.

"내가 청첩장을 접을래요."

"당신이 주방을 정리해."

그가 단호한 목소리로 말했다.

"자 서둘러요, 밀스 양. 겨자 얼룩이 남기 전에."

2

우리가 샌디에이고에 머문 지 정확히 2시간밖에 되지 않았지만 나는 클로에를 데리고 라스베이거스로 도망치지 않은 것을 후회하는 중이었다.

기분에 따라 색상이 변하는 무드링을 머릿속에 이식이라고 한 듯 클로에는 의구심 많은 여자로 빙의해 내 옆에 앉아 있었다. 그녀가 나에게 얼마나 집중하고 있는지, 강렬한 눈길로 내 찡그린 인상이나 작은 한숨까지도 일일이 이해하려고 했다.

"왜 그런 불안한 표정을 짓고 있어요?"

"난 괜찮아."

나는 아무렇지 않다는 듯 대답하려고 했지만 더 극적인 반응을 유도하고 말았다.

"운전대를 잡고 있는 손은 그렇지 않다는데요."

나는 더욱 인상을 쓰며 곧장 손아귀 힘을 풀었다. 우리는 저녁을 먹으러 가는 길이었고 그곳에서 처음으로 두 집안의 사람들과 만나게 될 것이다. 미시건, 플로리다, 뉴저지, 워싱턴을 비롯해 심지어 캐나다에서 오는 친척도 있었다. 대부분의 친척은 거의 20년 만에 상봉하는 것이다. 그리고 며칠 사이에 350명이 넘는 일가친척들이 도착할 것이다. 어떤 상황이 벌어질지는 하느님만이 아시겠지. 그처럼 중요한 날에도 난 사람들에게 살갑게 말을 건네는 성격이 못된다. 이렇게 겁을 집어먹고 머저리처럼 행동하다가는 내 일생일대의 중대사가 있기 일주일 전에 사람들이 모두 도망가버릴지도 모른다.

나는 고개를 돌려 흘끗 클로에를 쳐다보았다.

"이 한 주가 정말 흥미진진할 것 같지 않아요?"

"그래, 맞아. 오늘 밤이 살짝 걱정되기도 하고 내가 가족들과 잘 어울릴 수 있을지 제대로 처신할 수 있을지 모르겠어."

"내 생각에 당신은 '엄청' 잘할 거예요."

클로에가 내 어깨를 쿡쿡 찌르며 말했다.

난 웃음을 터트리며 그녀에게 장난스런 눈길을 보냈다.

"고마워."

"우리 고모들을 만나기 전까지만 버텨요."

클로에가 몸을 돌려 내 어깻죽지에 입을 맞췄다.

"그런 다음에는 머리를 식힐 수 있을 테니까요."

클로에의 아버지는 수다스럽고 독특한 두 여동생들을 이끌고 노스다코타 주에서 이곳으로 오실 예정이다. 클로에는 고모들이 모두 얼마 전에 이혼하셨으며 내가 주의해야 될 사람들이라고 알려주었다. 하지만 나도 안심할 수 없었다. 클로에가 내 사촌 불을 아직 만나보지 못했으니 말이다.

"고모들이 오면 다른 것은 신경 쓸 틈도 없이 두 분이 경찰서에 잡혀가거나 엄청난 보석금을 물을 일이 생기지는 않을지 전전긍긍하게 될 테니까요. 장담하는데 결혼식과 관련된 문제에서 아주 해방되는 기분이 들 거예요."

클로에는 몸을 앞으로 구부리고 차 스테레오를 만지작거리다 시끄럽게 소리지르는 노랫소리가 나오는 채널에서 멈췄다. 난 그녀가 이해가 되지 않아 의아한 눈길로 쳐다보았다.

내가 짜증이 났다는 것을 알았는지 그녀가 조용히 등받이에 몸을 기댔다.

"그것 말고 다른 힘든 일이 있어요? 지금 나 때문에 초조한 거 아니죠?"

나는 '지금 제정신이야?'라는 듯한 표정으로 그녀를 쳐다보았다.

"좋아요."

그녀가 웃으며 말했다.

"말해봐요. 무엇 때문에 마음이 불편한지."

난 그녀의 손을 잡아 깍지를 낀 다음 내 허벅지 위에 올려놓았다.

"그냥 정신이 없어서 그래."

그리고 어깨를 으쓱인 뒤 말을 이었다.

"이 결혼식이 거사가 되어버렸잖아. 비행기에서 내려서보니 우리 엄마한테서 문자가 14통이나 와 있었어. 무려 14통. 샌디에이고에 커피숍이 어디 있는지, 호텔에서 왁싱을 할 수 있는지 마치 나는 모르는 게 없는 것처럼 말이야! 당신이 어제 말했잖아. 결혼식이 우리보다 더 커져버렸다고. 내가 이렇게 말하게 될지 몰랐는데 당신이 라스베이거스로 몰래 떠나자고 한 것이 옳았던 것 같아."

그녀는 내 말에 그녀만의 흡족해하는 미소를 지어보였다.

"난 도망치자고 했어요. 라스베이거스로, 한달음에."

"맞아."

"사실, 지금도 공항에서 그리 멀리 있지 않아요."

창밖으로는 비행기가 이착륙하는 모습이 보였다.

"아직 늦지 않았어요."

"날 유혹하지 마."

일을 위태위태하게 진행해오고 있는 것은 사실이었지만 그렇다고 도망치고 싶진 않았다. 샌디에이고는 항상 우리에게 특별한 곳이었다. 내가 멍청이 짓을 그만두고 마침내 그녀를 사랑하게 해준 곳이니까. 클로에가 날 받아준 곳이기도 하다. 그리고 2년이 지났을까? 언제 세월이 이렇게나 흘렀는지. 우리가 같이 레이터에서 체크인을 할 때 내가 밀스의 엉덩이를 보고 은밀히 추파를 던졌고 그녀가 처음으로 내 이름을 불렀던 것이 엊그제 같은데.

물론 우리는 이번 주에 모일 장소를 정하기 위해 다시 이곳에 왔었다. 하지만 그때는 정신이 없었고 오늘은 엄청난 부담감이 더해졌다. 우리는 이곳에 결혼하러 왔으니 말이다. 총각 파티에서 그녀가 난리를 친 것도, 맨해튼에 같이 살 아파트를 구입한 것도, 클로에의 손가락에 반지를 끼워준 것도 지금 이 순간의 긴장된 상황에 비하면 아무것도 아니다. 우리는 이제 결혼한다. 그리고 다시 이곳을 떠날 때 클로에는 내 아내가 되어 있을 것이다.

'세상에 이럴 수가.'

나는 떨리는 손으로 지끈거리는 이마를 짚었다.

"당신은 오늘 상당히 조용하군요. 지금 그 사색적인 침묵을 여기서 도망칠 궁리를 하고 있다는 것으로 받아들여도 되겠어요?"

클로에가 물었다.

나는 고개를 저었다.

"말도 안 돼."

나는 그녀의 손을 더욱 세게 잡았다.

"우리는 이미 이곳에 와 있어. 그리고 드레스를 입고 입장하는 당신의 모습을 놓칠 수 없지. 당신을 위해 힘들게 여기까지 왔으니까."

"헛소리 집어치워요, 베넷. 당신은 바보 같을 때 다루기 수월해요."

"그리고 난 당신의 변덕을 잘 견뎌주었잖아."

내가 씩 웃으며 이렇게 덧붙이자 그녀의 주먹이 내 어깨를 강타

했다.

“하지만 당신에게 한 번 더 경고해야 할 것 같아. 우리 가족 중 일부는 좀….”

“머저리라고요? 차고에 비타민 제조 공장을 차리고, 은퇴자협회잡지에 광고를 싣는다고 엄청난 돈을 썼다고요?”

나는 영문을 몰라 눈을 깜박였다.

“뭐라고? 누가 말해줬어?”

“당신 사촌 불이죠.”

그녀가 어깨를 으쓱이며 말했다.

“일전에 헨리랑 통화할 때 들었어요. 지금 새로운 사업을 구상 중인데 이번 주에 윌과 맥스에게서 재정 지원을 얻어내려고 벼르고 있다고요.”

“왜 난 새삼스럽게 놀라고 있는 거지?”

그녀가 손사래를 쳤다.

“가족은 하나잖아요, 베넷. 그들을 떠나서 살 수 없어요. 물론 우리 가족들도 다 좋기만 한것은 아니에요. 알다시피 우리 고모들은… 그러니까 라이언 가문의 유전자를 제대로 물려받았다고 해둬요. 만약의 상황을 대비해 도망가기 편한 운동화나 챙겨놔요.”

“그게….”

난 말을 꺼내려다가 그녀가 다리를 꼬는 모습을 보고 멈칫했다.

“클로에?”

그녀가 투명한 스타킹을 신은 다리를 들여보였다.

"응?"

"대체 뭘 신고 있는 거야?"

"마음에 들어요?"

그녀는 뾰족한 굽이 달린 진한 남색 페이턴트 가죽 구두를 신고 있었다. 상당히 위험해보이는 신발이었다.

"언제부터 그 구두를 신고 있었던 거야? 호텔에서?"

"맞아요. 당신이 동생이랑 통화할 때요."

나는 클로에가 입은 옷 하나하나에 신경 쓰는 사람은 아니었지만 내 바지 속 익숙한 반응이 분명 본 적이 있는 신발이라고 말해주었다. 착각한 것이 아니라면 내 어깨 위로 올라왔었던 그 신발이 틀림없다.

"내가 언제 그 구두를 봤더라?"

"아, 잘 모르겠어요."

그녀가 천연덕스럽게 거짓말을 했다.

"집에서?"

'집에서, 우리 침실에서 봤겠지.'

'침대 밑에 야사시한 물건을 담아둔 상자가 있다. 그 상자를 꺼내고 나서 우리는 함께했었잖아.'

두 달 전쯤 그녀가 그 구두를 신었던 날이 기억났다. 그날은 몇 주 동안 보지 못하다가 만난 날이었다. 그녀는 뭔가 새로운 시도를 하려고 할 때면 몸을 데워주는 크림과 그 신발을 꺼냈다. 크림을 내 몸에 떨어뜨렸을 때 피부가 뜨거워지며 닭살이 온몸으로 퍼져나갔던 기억이 아직도 생생하다. 그걸 본 그녀가 한참을 놀려댔고 다음날 아침에 무릎을 꿇고 밥을 떠먹여주겠다는 약속을 받아내고서야 놀림을 멈췄다. 난 그날 너무 강하게 사정을 해 거의 정신이 나갈 정도였다.

"나랑 섹스 하려고 신은 거지?"

내가 물었다.

"이건 결혼식이 끝나면 곧장 섹스를 하자는 그런 뜻인 거야?"

"맞아요."

우리는 라 졸라의 바바렐라에서 한 블록 떨어진 곳에 주차할 자리를 찾았고 클로에는 내가 차문을 열어줄 때까지 조수석에서 앉아 있었다. 나는 차문을 열고 그녀에게 손을 내밀었다. 긴 구릿빛 다리, 사람을 찌를 것 같은 구두. 나는 그녀를 향해 고개를 저으며 말했다.

"당신은 사악해."

"신부는 결혼하기 전에 순결을 지켜야 하는데."

"그렇게 생각한다면 보기 좋게 포기해요, 라이언."

그녀가 발뒤꿈치를 들어 내게 키스했다.

난 신음하며 겨우 몸을 떼어냈고 우리는 나란히 레스토랑 쪽을 쳐다보았다.

"자, 이제 가볼까…."

* * *

레스토랑의 야외 좌석은 이미 셋팅되어 있었다. 안으로 들어서기도 전에 아버지와 장인어른이 대화를 나누는 소리가 들렸다.

"두 사람이 같이 앉을 수 있는 좌석을 주세요."

장인어른이 말했다.

"그럴 수는 없어요, 프레드릭. 두 분 다 괜찮을 겁니다."

항상 달변인 우리 아버지가 말했다.

"내 아내 수잔이 좌석 배치에 엄청나게 신경을 썼고 잘 하고 있어요. 동생 두 분은 분명 교양 있는 숙녀일 테죠. 일단 따로 앉아 계시게 해서 다른 분들과도 알고 지내면 좋지 않겠습니까?"

"따로 앉힌다고요? 제 말을 이해 못하시는군요, 엘리엇. 그 애들은 골칫덩어리예요. 얼마 전 이혼을 해서 남자라면 환장하죠. 기회만 된다면 반경 10킬로미터 내에 있는 모든 남자를 어떻게든 꼬드겨 보려고 할 겁니다."

난 식당 입구에서 클로에를 멈춰 세운 다음 그녀의 어깨에 손을 올리고 갈색 눈동자를 들여다보았다.

"준비 됐어?"

그녀가 까치발을 하고 입술을 내 입에 갖다 댔다.

"아니, 전혀요."

그녀가 내 입술에 대고 속삭였다.

클로에의 손을 잡고 안으로 들어서는데 우리 아버지의 웃음소리가 들렸다.

"너무 과민하게 반응하시는 거 아닌가요?"

장인어른이 한숨을 쉬며 말했다.

"차라리 그런 거면 좋겠습니다. 전…."

"두 사람이 왔군요."

아버지를 지나쳐 헨리가 나에게 걸어오며 말했다.

"두 사람이 통 나타나지 않아서 내가 호텔방에서 알몸으로 자고 있는 둘을 끌고 와야 하는 건 아닌지 걱정하고 있었어."

"그게 무슨 징그러운 상상이야."

나는 동생을 끌어안으며 말했다.

"그리고 공식적으로 말하지만 넌 우리 집에 접근 금지야."

"베넷, 어서 오렴."

아버지가 내게 다가와 포옹했다.

"프레드릭과 난 자리 배치에 관해서 이야기를 나누고 있었단다."

"주디스와 매리 고모를 떼어놓으면 얼마나 큰 일이 벌어질지에 대해서 말이다."

장인어른이 클로에를 쳐다보며 말했다.

클로에는 우리 아버지와도 포옹을 한 뒤 장인어른에게 인사를 건넸다.

"어머님께 말해도 달라질 것 같지 않아요."

그녀가 우리 아버지에게 말했다.

"하지만 저희 아버지가 하신 말씀에 동의해요. 두 분은 같이 모셔야

해요. 그렇게 하지 않아서 소란이 날 수도 있으니까요. 그 편이 피해도 훨씬 적고요."

그 말과 함께 나는 장인어른을 끌어당겨 부녀가 오붓하게 있을 수 있도록 시간을 주었다.

어머니가 해변가에 있는 식당을 통째로 빌렸는데 정말 근사했다. 정성껏 잘 가꾼 회양목이 산책로를 따라 이어졌고 사방이 꽃과 싱그러운 풀밭으로 덮여 있었다. 막 해가 지기 시작하는 시간이라 야외 좌석으로 황혼이 아름답게 물들었다. 테이블 위로 음식이 하나둘 채워졌다. 우리 쪽에 수많은 하객들이 앉아 있었지만 절반은 모르는 얼굴이었다.

"이 사람들은 다 누구예요?"

내가 물었다.

"좀 더 크게 물어보지 그러니. 증조할머니는 귀가 많이 어두우신데."

아버지가 나무라는 투로 말했다.

"모두가 다 네 가족들이란다. 사촌, 숙모… 조카와 오촌들까지."

아버지는 눈썹을 찡긋하더니 야외바 앞에서 줄을 섰다.

"사실, 나도 잘 모른단다. 저기 이미 술에 취해 있는 사람들은 분명 네 외가 쪽 식구들일 테지."

아버지가 내 어깨를 꽉 잡았다.

"엄마한테는 비밀이다."

"알겠어요. 더 올 사람이 남았나요?"

“그런 것 같구나.”

아버지가 말했다

“네 삼촌들은 테라스에 있어. 사촌들은 아직 못 봤고.”

난 속으로 움찔했다. 내 동생 헨리와 나는 여름이면 사촌 브라이언, 크리스와 함께 놀았다. 브라이언은 라이언 가의 아이들 중 맏형으로 조용하고 진지한 성격이었다. 브라이언과 나는 단짝이었다. 원래 크리스였지만 이름을 바꾼 불은 내 팔다리를 잘라서라도 도망치고 싶은 인간이다. 어머니는 크리스가 우리랑 같은 돌림자를 쓰고 싶어서 이름을 불이라고 바꿨을 거라고 했다. 브라이언, 베넷, 불, 이렇게 말이다. 하지만 나는 그 말을 믿지 않는다. 어차피 헨리는 해당이 안 되는 데다 금 목걸이를 목에 달고 가슴털이 수북하게 드러나도록 셔츠를 풀어헤치고 맥주나 만들어 마시는 게 취미인 불이 그런 생각을 할 리가 없기 때문이다. 크리스가 불로 불리고 싶어 하는 이유는 그가 멍청하기 때문일 것이다.

“불이 널 보면 틀림없이 좋아할 거야.”

아버지가 의미심장한 미소를 지으며 말했지만 나는 정색을 하며 대답했다.

“저는 보고 싶지 않아요.”

“저녁 식사 때 라일 큰아버지는 왕년의 파란만장했던 해군 시절 이야기를 꺼내겠죠. 어쩌면 얼마 전 받은 전립선 검사 결과를 떠벌릴지도 모르고요.”

내 얘기에 아버지는 불편한 기색으로 고개를 끄덕이더니 식당 맞은 편에 있는 누군가를 보고 손을 흔들었다. 아버지의 큰 형이자 불의 아버지인 라일은 정말이지 불편한 존재다. 큰아버지는 만날 때마다 해군 시절 모험담, 혐오스러운 인체의 기능, 시골에서는 사람들이 동물과 '관계'를 맺는다는 낭설, 숙모가 등에서 수많은 사마귀를 제거했다는 등 밑도 끝도 없는 이야기를 해댔다.

"네 큰아버지에게 결혼 축하 건배사를 맡겨야 할까?"

나는 웃으며 말했다.

"꼭 그렇게 하세요, 아버지."

어머니가 다가와 내 뺨에 입을 맞추고 엄지손가락에 침을 묻혀 내 볼에 묻은 분홍색 립스틱자국을 문지르려고 했다. 나는 어머니의 손길을 슬쩍 피하고는 테이블에서 냅킨을 집어들었다.

"파란색 정장을 입지 그랬니?"

어머니가 내게서 냅킨을 뺏어 직접 얼굴을 닦아주며 물었다.

"어머니. 오늘 아름다우시네요."

"내 아들. 넌 파랑 정장이 더 잘 어울린단다."

난 지금 입고 있는 진회색 프라다 정장을 내려다보며 손으로 재킷 앞부분을 쓸어내렸다.

"전 이 옷이 좋아요."

사실은 섹스를 하느라 몽롱한 상태로 새벽 두 시에 짐을 챙겼지만 이 말은 꺼내지 않았다.

“파란 정장이 오늘 밤 행사에 더 어울린단다.”

어머니는 분명 신경 쓰인다는 목소리로 말했다.

“지금 입고 있는 옷은 장례식장에나 어울릴 것 같구나.”

아버지가 칵테일을 건네자 어머니는 떨리는 손으로 잔을 받아들고는 쌩하게 가버리셨다.

“음, 참 재미있군요.”

내 말에 아버지가 웃음을 터트렸다.

장인어른을 상대하느라 살짝 화가 난 클로에가 우리 쪽으로 걸어왔다. 나는 그녀와 식당 안을 돌며 일찍 와주신 분들에게 인사를 드리고 가족과 친구에게 서로를 소개했다. 그리고 잠시 뒤에 어머니가 우리를 불러 저녁 식사의 시작을 알리라고 했고 우리는 테이블로 가서 앉았다.

난 우리 이름이 적힌 중앙 테이블에 가서 앉았다. 클로에가 오른쪽에, 장인어른이 그녀 옆에 앉았다. 우리 아버지는 장인어른의 조언을 받아들였는지 클로에의 고모인 메리와 주디스를 나란히 앉혔다. 고모들은 손으로 테이블을 치며 큰 목소리로 낄낄거렸다.

그리고 이미 불은 사람들이 모두 착석하고 나자 캔 백수를 들고 레스토랑에 나타났다. 그만의 느긋한 말투로 내 이름을 부르더니 내가 앉아 있는 테이블로 걸어왔다. 그러곤 무례하다 싶을 만큼 천천히 클로에를 뜯어보더니 나를 향해 엄지손가락을 치켜세웠다.

난 마음속으로 국세청에서 일하는 친구에게 그를 감사해보라고 말해야겠다고 생각했다.

물론 농담이다. 진심도 있지만.

저녁 식사로 겉만 바짝 구운 연어에 토마토, 감자 퓌레, 바질을 올린 뵈르 블랑이 나왔다. 주변 사람들과 이야기를 나누며 먹기에 더할 나위 없이 완벽한 요리였다.

"그게 무슨 소리예요?"

불이 외가 쪽 둘째 이모를 향해 큰 소리로 말했다.

"농담이시겠죠. 이글스 팬들은 팀이 제대로 된 대접을 받지 못한다고 생각하고 있어요. 주목을 받고 칭찬받고 싶어요? 그럼 잘난 게임에서 이기면 되잖아요. 이기라고요!"

불은 맥주를 꿀꺽 삼킨 후 연신 트림을 남발했다.

"아, 그리고 한 가지 더. 나이가 있으신 분들이니 이 문제에 답을 알겠죠. 빌어먹을 〈휠 오브 포츈〉은 왜 아직도 방영하고 있는 거예요? 바나 화이트(미국의 중견 여배우-옮긴이) 옷 입히기 웹사이트가 있다는 거 알아요? 종이 인형처럼 옷을 입혀보는 건데 척보니 그런 걸 좋아하시진 않겠구요."

그는 같은 테이블에 앉은 운 나쁜 사람들이 자신의 이야기를 듣건 말건 일장 연설을 했다.

"이게 무슨 뭔 난리인지. 하긴 그 여자가 나이를 꽤 먹긴했어도 복권 추첨하는 거랑 자동차를 가리키는 모습이 정말로 섹시하지 않아요?"

그 말을 하면서 불은 한 손을 엉덩이 위에 올려놓으며 옆의 빈 의자를 가리켰다.

"나도 그 잘난 행운 좀 타봤으면 좋겠네."

"세상에나."

클로에가 내 귓가에 속삭였다.

"벌써 반은 망한 것 같은데요."

난 음료수를 가득 들이키고는 말했다.

"당신 말에 동의해."

"저 사람이랑 같이 컸어요?"

나는 고개를 끄덕이며 들고 있던 와인 잔을 내려다보았다.

"항상 저런 식이에요?"

나는 다시 고개를 끄덕이고는 숨을 들이쉰 다음 냅킨으로 입을 닦았다. 클로에는 주위를 살피다 내 사촌 중 가장 잘생기고 멋진 브라이언을 먼저 쳐다보았다. 그런 다음 우리 아버지와 나이에 비해 여전히 미남이신 큰아버지 라일과 삼촌 앨런을 쳐다보았다. 그녀는 헨리를 잠시 쳐다본 다음 다시 내게 고개를 돌리더니 불을 쳐다보며 눈을 깜박였다. 그녀가 유전자를 의심하고 있다는 사실을 알 수 있었다.

"자 사람이 라이언 가문에서 나온 거 맞아요? 우유 배달부 집 자식일 가능성은 없는 거예요?"

내 웃음소리가 조금 컸는지 거의 모든 사람들이 고개를 들어 날 쳐다보았다.

"한 잔 더 마셔야겠어."

나는 그렇게 말하고 자리에서 일어섰다.

그리고 양복 주머니 속에서 아까부터 계속 울리고 있던 스마트폰을 꺼내 어머니에게서 온 수십 통의 메시지들을 확인했다.

'얘야, 머리가 헝클어졌구나.'

'이 집에 드로치 피노 와인은 없니? 테이블 와인으로 프레스턴 카리냥을 주문했는데.'

'네 아버지에게 조안 숙모를 금채굴자라고 소개하지 좀 말라고 하렴. 왜 저렇게 금을 주렁주렁 달고 왔는지 모르지만 그렇다고 놀리는 것은 무례한 일이니.'

나는 바로 자리를 피해 조니 블랙을 한 잔 마시고 여길 빠져나갈 출구가 어디인지 살폈다. 물론 가족들을 사랑하지만 세상에, 이들은 제정신이 아니다. 그때 누군가가 내 어깨를 두드렸다.

"당신이 우리 클로에와 결혼하는 사람이군요."

"잘 생각해보고 결혼식 전에 도망치지 않는다면 그렇게 되겠지요."

나는 이렇게 대답하면서 내 뒤에 서 있던 여성들을 돌아보았다. 한눈에 그들이 누구인지 알 수 있었다.

"사랑스런 두 분은 클로에의 고모님들이시군요."

내 오른쪽에 선 여성이 고개를 끄덕이자 한껏 부풀어 세운 붉은 머리가 함께 흔들렸다.

“난 주디스예요.”

한 명이 이렇게 말한 뒤 옆에 서 있는 다른 한 명을 가리켰다.

“이쪽은 메리고.”

주디스 고모는 솜사탕 같은 머리를 하고 있었다. 과한 염색과 어마어마하게 부풀린 머리가 딸기맛 솜사탕을 뒤집어 쓴 것처럼 보였다. 기분 탓이겠지만 그녀에게서 딸기향이 날 것 같았다. 클로에의 말이 맞다면 60대 중반치고는 피부가 상당히 부드러워 보였고 갈색 눈동자가 날카로우면서도 또렷했다. 메리 고모는 언니와 얼굴 생김새가 비슷했지만 연한 갈색 머리를 틀어올려 헤어핀으로 고정해 한층 차분한 모습이었다. 주디스 고모는 클로에처럼 키가 커서 내 턱 바로 아래까지 오는 반면 메리 고모는 150센티미터가 겨우 넘을 정도지만 몸집은 키와 거의 맞먹어 보였다.

나는 손을 뻗어 두 사람과 악수했다.

“마침내 두 분을 뵙는군요.”

난 웃으며 정중하게 말했다.

“클로에한테 좋은 분이라고 말씀 많이 들었습니다.”

두 사람은 아무 말도 하지 않고 내 손을 꽉 잡았지만 악수라기보다는 포옹에 더 가까웠다.

“거짓말.”

메리 고모가 짓궂은 미소를 지으며 말했다.

"우리 조카는 거짓으로 칭찬하고 그러지 않아요."

"클로에가 여름휴가를 같이 보냈다고 했어요. 그러면서 자주 유쾌하신 분들이라고 말하던 걸요."

'연하남 킬러'에다 '미치광이'라는 말을 쏙 빼놓았고 말했다.

"아, 이제 믿을 수 있겠네요."

주디스 고모가 코웃음을 치며 말했다.

"샌디에이고에서는 잘 즐기고 계신가요?"

나는 바에 몸을 기대며 물었다. 곁눈 짓으로 슬쩍 클로에를 살피니 예상한대로 불이 내 자리에 앉아 말상대를 해주고 있었다. 그 모습을 보자 빛나는 갑옷의 기사가 되어 그녀를 구해주고 싶었지만 한편으로는 이런 마음도 들었다. 세상에서 구조가 필요 없는 단 한 명의 여자가 있다면 그것은 바로 클로에라는 것을.

"아, 우리는 인생을 즐기고 있어요."

주디스 고모가 의미 있는 표정으로 동생을 쳐다보며 말했다.

"아니면 앞으로 그렇게 되던지. 우리 둘 다 35년 만에 처음으로 돌싱이 된 거 알아요? 이 도시는 뭐가 이렇게 따분한지. 그간 잃어버린 세월을 엄청나게 열심히 만회해야 하는데."

나는 그저 웃을 수밖에 없었다. 직설적인 솔직함이 밀스 집안의 내력이라는 점을 확실히 알 수 있었다.

"앞으로의 계획은 어떻게 되세요?"

내가 물었다.

"해변에 가서 젊은이들의 심장을 두근거리게 하실 건가요?"

"뭐 그것도 좋지."

메리 고모가 윙크를 하더니 들려오는 음악에 맞춰 가볍게 몸을 흔들었다.

주디스 고모는 내 옆으로 와서 몸을 구부리더니 낮은 목소리로 속삭였다.

"자네 가족에 대해 말 좀 해봐."

그녀가 눈동자를 번뜩이며 주위를 살폈다.

"형제가 한 명뿐이야? 삼촌은 없어? 미혼인 사람은?"

나는 고개를 저으며 다시 웃었다. 장인어른의 말이 맞았다.

"죄송하게도 형제가 한 명뿐이에요. 그리고 제 동생은 이미 약혼했고요."

두 사람은 불을 살피더니 살짝 기분상한 얼굴을 보였다.

"다 그렇게 얘기하더군."

"어머나, 세상에 저런 훈남이."

주디스 고모가 갑자기 낮은 목소리로 부드럽게 말했다. 그녀의 시선을 따라 정문을 쳐다보니 윌과 한나가 들어서고 있었다. 그러자 입구쪽에서 왁자지껄한 웃음소리가 들리더니 클로에와 세라가 한나와 인사를 나누었고 윌은 바보 같은 미소를 지으며 어색하게 서 있었다. 난 그의 시니컬하게 찡그린 얼굴이 그리웠다. 세상에 여자는 많다고 떠들던 태도도 다시 보고 싶다. 세상에, 윌은 지금 세계 최고의 머저리가 되어 있었다.

윌이 내 시선을 느꼈는지 나와 눈빛이 마주쳤고 '그럴 줄 알았어'라고 하는 내 표정을 읽기라도 한 듯 가운데 손가락을 들어보였다. 그때 문득 이런 생각이 들었다. 윌이 잘못되었다고 생각은 할 수 있지만 대놓고 윌에게 이런 표정을 보낸 것을 클로에가 알면 나를 가만두지 않을 거라고. 나는 마음속으로 대책을 강구하기 시작했다.

게다가 나라고 그러지 않을 보장이 있을까?

"저 남자는 누구야?"

주디스 고모가 거친 숨을 몰아쉬며 물었다. 누군가의 음흉한 시선을 실제로 목격한 적이 있었는지 확실히 기억나지 않지만 지금이 그런 상황인 것 같았다.

"윌이에요."

내가 대답했다.

"임신한 약혼녀 브릿의 예비신랑인 맥스와 함께 일해요."

"저 남자 총각이야?"

"저 남자 혹시 게이야?"

주디스와 메리 고모가 거의 동시에 물었다.

그러자 내 이성이 날 깨우는 소리가 들렸다. 전두엽에서 내가 하려는 일이 결코 좋은 생각이 아니라고 신호를 보내고 있었다.

"아, 당연히 여자를 좋아해요."

내가 말했다. '그건 거짓이 아니다.'

"그리고 윌은 아주 유머러스해요, 고모님들. 재치가 있죠."

'엄밀히 말해 거짓은 아니다.'

그러자 메리 고모가 내 옆으로 바짝 붙으며 물었다.

"저 남자와 함께 온 여자는 누구야?"

"한나예요. 그녀는… 오랜 친구예요."

내가 이렇게 대답했다. '그래 아직까지 거짓말은 하지 않았다.'

"가서 인사를 나눠보세요."

"그러니까 결혼을 안 했다는 거지?"

메리 고모는 이미 팩트를 꺼내들고 입술을 동그랗게 오므려 립스틱을 바르는 중이었다. 이분들은 정말 행동이 빠르군.

"결혼이요? 전혀요. 확실히 미혼이에요."

'왜? 거짓말은 아니잖아.'

"섹시한데?"

두 사람이 동시에 말했다.

나는 재빨리 레스토랑 안을 살피고 두 사람의 어깨에 손을 올리며 내 쪽으로 당긴 뒤 고개를 숙이고 말했다.

"두 분한테만 비밀을 알려드릴 테니 질대 어디 가서 말씀하시면 안 됩니다."

나는 두 사람을 번갈아 쳐다보았고 고모들은 눈이 휘둥그레져서는 고개를 끄덕였다

"우리 윌은 살짝 야성적이에요. 만족할 줄을 모르고 제 말뜻을 이해

하실지 모르겠지만 테크닉이 아주 뛰어나기로 유명해요. 그리고 사실 그 애는 경-험-많-은 여성을 좋아해요."

나는 단어 하나하나에 힘을 주어서 말했다.

"그리고 팀으로 하는 것을 좋아하고요."

두 사람은 숨을 거칠게 몰아쉬며 서로를 쳐다보았다. 둘 사이에 엄청난 텔레파시가 오고 가더니 그들이 다시 날 쳐다보았다.

"제 말 무슨 뜻인지 아시겠어요?"

나는 양쪽을 번갈아 쳐다보며 물었다.

"아, 그럼 알아들었지."

메리 고모가 대답했다.

이것으로 지옥에 갈 일은 절대 없을 것이다.

나는 주디스와 메리 고모가 곧장 윌에게 다가가는 모습을 지켜보았다. 한나, 클로에, 세라는 흩어져서 윌만 혼자 남아 있었다.

외롭고 연약하게 홀로.

이 레스토랑에서 가장 중요한 사람에게 허락을 받는 것 말고는 해결책이 없을 것이다. 주위를 살피다가 뒤쪽에서 사파이어 빛 드레스 자락을 흩날리며 나타난 한나를 발견했다.

나는 그녀에게 다가갔다.

"안녕하세요?"

막 화장실에서 나온 사람에게 너무 큰 소리로 인사를 건넨 모양이다.

그녀는 살짝 흠칫하더니 그 자리에 멈춰섰다.

"베넷."

그녀가 가슴에 손을 올리더니 말했다.

"놀랐잖아요."

"아, 미안해요. 여자들끼리 다시 뭉치기 전에 얼른 인사라도 하려고 했어요."

"아, 그랬군요…."

그녀는 내 강렬한 시선에 당황한 듯 주위를 살피며 대답했다.

"비행은 어땠어요?"

내가 물었다.

그녀는 그제야 긴장을 풀고 미소를 지으며 내 어깨 너머로 윌이 어디에 앉아 있는지 살피려고 했고 난 얼른 그녀의 시야를 막아섰다. 내 예상이 맞는다면 그는 이미 고모들에게 붙들렸을 것이다.

"비행은…."

그녀가 입을 열었다.

"다행이네요."

난 그녀가 아직 대답하지 않았다는 사실을 너무 늦게 깨닫고 말았다.

"저기, 당신에게 할 말이 있어요."

내가 다시 말을 이었다. '편안하게 하는 거야. 아무렇지도 않게. 침착하게.'

한나가 미소를 지으며 물었다.

"뭔데요?"

"윌이 얼마나 장난이 심한지 알죠."

그녀가 고개를 끄덕이자 나는 말을 이었다.

"그동안 당한 것이 있어서 지금 갚아주었어요. 하지만 맹세해요."

나는 한나의 어깨에 손을 올리고 말했다.

"맹세할게요, 한나. 당신도 우습다고 생각할 거예요… 결국에는."

"결국에는?"

"맞아요. 결국에는."

그녀가 눈살을 찌푸리며 날 쳐다보았다.

"이거 그냥 장난 맞죠? 머리를 밀거나 상처를 입히고 그런 거 아니죠?"

나는 한 걸음 물러서서 그녀의 얼굴을 살폈다.

"아주 구체적인 질문이네요. 상처요?"

난 고개를 저으며 분명히 말했다.

"아니에요. 절대로요. 그냥 바보 같은 장난이에요."

그러고는 클로에의 팬티를 늘쌍 젖게 만들었던 내 최고의 살인미소를 날리며 한나를 쳐다보았다. 하지만 한나는 뭔가 의심스럽다는 듯한 표정을 지었다.

그녀가 한층 더 인상을 쓰며 날 쳐다보았다.

"내가 뭘 어떻게 해야 하죠?"

"아무것도 할 필요가 없어요."

내가 대꾸했다.

"특이한 광경을 보게 되겠지만 그냥…구경만 해요."

"그러니까 아주 신기한 일이 일어나겠군요."

"맞아요."

"재미있는 건가요?"

"아주 배꼽이 빠질 거예요."

그녀는 10초 동안 곰곰이 생각한 다음 내 손을 잡았다.

"즐겨보죠."

* * *

호텔 델 코로나도는 1888년 코로나도 섬의 너른 모래 해변가를 따라 지어진 건물이다. 붉은 탑과 새하얀 건물이 빅토리아 시대에서 튀어나온 것 같은 기분을 느끼게 해주었다. 클로에와 나는 몇 달 전 결혼식 장소를 물색하러 왔다가 이곳에 머물렀다. 호텔 객실 발코니에서 바다가 보이는 풍경에 클로에가 매료되었고 이곳에서 우리는 결혼식을 하기로 했다.

만찬을 즐기고 돌아오는 길에 난 전혀 다른 이유에서 온몸에 신경이 곤두섰다. 솔직히 말하자면 클로에는 나보다 더 똑똑했고 밤새 날 세심하게 살피며 관찰했다. 호텔로 가는 동안 그녀는 조수석에 얌전히 앉아 평소와는 달리 조용히 창밖만 바라보았다. 내가 그녀를 잘 알고 있는 게 맞다면 클로에는 지금 날 쓰러뜨릴 계획을 조용히 구상 중일 것이다.

우리는 마지막 언덕을 돌아 호텔에 도착했다. 깔끔한 흰색 건물이 검은 하늘을 배경으로 반짝였다. 나는 주머니에 넣은 작은 병을 만지작거리고 시계를 쳐다보며 이것이 내가 한 일 중 가장 잘한 일이거나 가장 멍청한 일일 것이라는 생각이 들었다. 진실은 곧 알게 되겠지만.

나는 모퉁이에 차를 세우고 물병을 챙긴 다음 운전석에서 내려 클로에의 향수 대신 신선한 공기를 들이키며 정신을 차렸다. 그러고는 물을 쭉 들이키며 머릿속 뒤엉킨 생각들도 함께 쓸어내렸다. 그대로 10분만 서 있다가 호텔로 올라갈 것이다.

맑은 공기를 최대한 들이킨 다음 자동차 키를 도어맨에게 건넨 후 미소를 띤 채 클로에의 손을 잡았다.

호텔 로비로 들어서니 잔잔한 음악이 들렸왔다. 지난번 우리가 이곳에 왔던 때가 떠올랐다. 킹사이즈 침대에 누워 그녀가 내 이름을 외칠 때까지 격렬하게 섹스 한 뒤 클로에의 손을 뒤로 붙잡은 다음 발코니 난간에 눕혔었다. 밀려드는 파도 소리와 야자수 잎사귀가 바람에 흔들리는 소리와 그녀의 신음이 뒤섞였던 기억을.

클로에를 따라 엘리베이터를 탔는데 내 눈은 마치 자동 유도장치처럼 곧장 그녀의 엉덩이로 향했다. 그녀는 한 걸음씩 내딛을 때마다 의도적으로 엉덩이를 흔드는 것 같았다. 아마 그녀도 의식하고 있을 것이다. 갑자기 아래가 단단해져 왔고 이 계획이 수포로 돌아간다면 난 큰 곤경에 처하게 된다. 정말로.

'정신 똑바로 차려, 베넷.' 난 이렇게 다짐하며 객실 층을 눌렀다. 별로 힘든 일은 아니었다. 그저 그녀와 일정 거리를 유지하고 항상 어깨 위쪽만 쳐다보며, 어렵겠지만 그녀와 어떤 논쟁도 하지 않으면 된다.

"괜찮아요, 라이언?"

내 아내가 맞은편 벽에 기대서서 물었다. 그러면서 앞으로 팔짱을 껴 가슴이 더 풍만하게 보이게 했다. 위험하다. 난 재빨리 시선을 피했다.

"당연하지."

난 잘 할 수 있다. 난 천재니까.

"모르겠지만 뭔가 아주 자부심에 차 있는 것 같아 보여요. 어디 불이라도 지르고 왔어요? 아니면 지나가는 똥강아지라도 걷어찬 거예요?"

'아, 당신 계획이 뭔지 알겠어. 밀스. 안다고.' 난 맞은편 거울에 시선을 고정한 채 대답했다.

"소피아가 우리한테 만들어준 카드를 생각하고 있었어. 우리가 생일 선물로 사줬던 그 미술 도구 세트로 그렸을 거야. 근데 네 살짜리 소피아랑 당신이랑 필체가 비슷하더라고."

고개를 끄덕이며 알겠다는 듯한 미소가 그녀의 입가로 슬쩍 퍼졌다. 클로에는 이내 고개를 끄덕이며 빠르게 올라가는 엘리베이터

층수를 확인했다.

어깨에 역기라도 메고 있는 것처럼 팔다리와 등에 힘이 풀리기 시작했다. 팔이 피로로 욱신거렸다. 난 더 크게 미소를 지어보였다.

엘리베이터가 층에 멈추자 클로에가 먼저 복도로 걸어갔다. 그녀는 내가 문을 열어줄 때까지 기다린 다음 안으로 들어가 곧장 욕실로 향했다.

"지금 뭐하는 거야?"

내가 물었다. 난 뭘 기대한 거지? 그녀가 날 벽에 밀쳐 내 옷을 벗기고 강제로 섹스를 할 거라고? 왜 자꾸 이런 상상을 하게 되는 거지?

"잘 준비를 하고 있어요."

그러고는 욕실 문을 닫았다.

한참을 멍하니 서 있다가 탁 트인 발코니로 나가니 하품이 스멀스멀 올라왔다. 저녁 식사 자리는 걱정했던 것보다는 괜찮았다. 물론 고충이 없었던 건 아니다. 불이 건배 제의 연사로 나서 15분간 두서없이 가족 이야기를 비롯해 내가 고등학교 때 사겼던 여자 친구와 진도를 어디까지 나갔었는지와 클로에가 아름답다며 지나치게 주절거리며 칭찬했던 것만 빼면 말이다. 게다가 그 와중에 어머니는 메시지를 일곱 개나 더 보내셨고 난 아직 확인도 안했다. 주디스와 메리 고모는 결국 월의 무릎에 앉아 날 향해 환한 미소를 지어보였고 헨리는 디저트를 먹고 난 뒤 레스토랑을 돌며 결혼식 하객들과 함께 은밀한 거래를 했다.

하지만 지금까지 아무도 경찰을 부르지 않았고 위급한 상황이 발생하지 않았으니 첫날치고는 꽤 성공적인 셈이다. 적어도 내 마음속 혼란이 클로에의 색정적인 구두와 속이 훤히 비치는 것 같지만 실은 아무것도 비치지 않아서 더 섹시한 드레스에 대한 생각을 잊어버리게 해주었으니.

난 결혼식이 있는 주에 섹스를 피하게 될 것이라고는 꿈도 꾸지 않았다. 하지만 수백 장의 청첩장을 접으면서 충분히 생각한 결과 우리 관계에서 난생 처음으로 그녀를 음미해보기로 했다. 그녀의 웃음과 말투, 인생의 동반자로서 인식해보기로 한 것이다. 다음번에는 나체로 그녀를 벽에 세우겠다고 생각하지 않고 그녀를 관찰해보고 싶었다. 당시에는 좋은 생각인 것 같았고 그녀를 살짝 화나게 하고 싶은 생각도 있었고 내가 알기로 섹스를 잠시 멈추면 그녀가…난 목욕탕 문을 쳐다보았다. 클로에는 대체 어디 있는 거지? 나는 눈꺼풀이 점점 무거워졌고 클로에는 생각보다 욕실에 더 오래 머물러서 오늘 밤 그녀에게 달려들 힘이 남아 있는지 확신할 수 없었다.

거실 소파에 앉아 잡지책을 집어드니 시시각각으로 피곤이 몰려들었다. 나는 욕실 문이 열리는 소리에 고개를 들었다가 거의 넘어질 뻔했다. 클로에가 어깨와 등 아래로 머리를 길게 풀어 헤치고 벽에 기대서 있었다. 반짝이는 분홍빛 입술을 보니 그 립스틱이 내 가슴을 따라 페니스로 이어질 거란 상상이 들었다. 그녀는 최고로 섹시하고 복잡한 란제리를 입고 있었다. 검은색 데미컵 브라가 가슴을 거의 드러냈고 검은색 샤틴 리본이 이리저리 교차되어 상반신을 감싸다가 다리 아래로 내려갔다. 그 모습을 보니 두 가지 시도를 하고 싶어져서 나는 입을 열었다.

"욕실에 누가 또 있었어?"

내가 우물거리며 말했다.

그녀가 눈썹을 한 일자로 만들며 고개를 흔들었다.

"뭐라고요?"

"당신이… 어떻게 그 옷을 혼자 입었는지 모르겠어서 그래."

내 목소리는 더 무겁고 느려졌다.

"젠장, 어떻게 벗겨야 할지 모르겠어서."

나는 그러면서 한 손을 들었지만 역시 무겁고 둔하게 느껴졌다. 오늘 밤에는 종이 한 장도 벗기지 못할 것이다.

"도전적인 말이군요."

클로에가 즐거운 미소를 지으며 말했다. 난 그녀의 몸 구석구석을 살펴보았지만 도무지 어떻게 이 란제리를 벗겨야 할지는 전혀 감이 오지 않았다. 그녀는 너무 너무 아름다웠다. 길죽한 다리에 저녁 식사 때 신었던 섹시한 푸른 하이힐을 그대로 신고 있었다.

그녀는 한걸음에 내게 걸어왔고 다시 한 발자국 가까이 다가왔다.

"지난번에 여기 왔던 거 기억나요?"

그녀가 물었다.

"기억 안 하려고 하고 있어."

클로에가 내 가슴에 손을 올리고 날 소파 뒤쪽 벽으로 밀친 다음 무릎 위에 올라탔다.

"당신이 바닥에 날 눕히고 섹스했잖아요…."

그녀는 몸을 앞으로 숙이더니 내 턱에 키스했다.

"그리고 발코니에서."

그녀가 내 목에 키스했다.

"그리고 침대에서, 바닥에서, 다시 침대와 바닥에서."

"구석에 있던 의자에서도."

내가 웅얼거리며 대답했고 그녀의 손톱이 내 배를 할퀴고 넥타이를 살짝 느슨하게 풀어주자 나는 가쁜 숨을 몰아쉬었다.

"그날 일을 살짝 각색해보면 어때요?"

그녀가 내 귀에 대고 속삭였다.

"이걸로 날 묶어 달라고 하면요? 내 엉덩이를 때려 달라고 하면? 섹스 하자고 한다면 그러니까…."

그때 내가 하품을 했다. 그것도 아주 크게.

클로에는 깜짝 놀라 뒤로 물러서서 눈도 제대로 뜨지 못하는 내 모습을 물끄러미 쳐다보았다. 그러고는 인상을 찌푸렸다.

"지금 뭐하는 거예요?"

그녀는 기가 막힌다는 듯 물었다.

난 잠을 이기지 못한 채 멍청하게 한쪽 입꼬리를 올렸다.

"보험으로 남겨둘 수는 없을까."

내가 느릿느릿하게 말했다.

"근데 당신은 정말로 아름답고. 참으로 마음에 들어… 당신이 입고 있는 옷 말이야. 다시 한 번 날 위해 입어줬으면 좋겠어… 언젠가."

"지금 뭐하는 거예요, 라이언?"

그녀가 자리에서 일어나더니 손을 허리 위에 올리고 인상을 찌푸리며 좀 더 큰 소리로 되물었다.

"그냥 쪼그만 수면제 한 알을 먹었을 뿐이야."

나는 하품을 하며 주머니에서 작은 약병을 꺼내 그녀에게 보여주었다.

"아주 작은 거."

해외여행을 위해 처방 받아두었지만 한 번도 복용한 적은 없었다. 실제로 효과가 아주 빠르게 나타나는 것에 놀랐고 흥분상태를 제어할 수 없다는 점에서 살짝 불편하기도 했다. 특히 클로에가 날 거세할 듯 쳐다보고 있는 이 와중에는 말이다.

"이 빌어먹은 인간이!"

그녀가 고함을 치며 내 가슴을 때렸다. 하지만 역효과가 나서 내가 웅크린 자세 그대로 쿠션 위로 고꾸라지게 되었다.

그녀가 뭐라고 고함을 치기 시작했지만 제대로 알아들을 수가 없었다. 그녀가 언젠가는 오늘 나의 행동이 오로지 그녀를 위한 것임을 알아줄 것이라고 위안했다.

내가 잠들기 직전 마지막으로 본 것은 복수가 어쩌고 고함을 치며 객실을 나서는 그녀의 모습이었다.

마침내 베넷 대 클로에, 1 대 0.

3

베넷은 나에게 멋진 아침을 선사해주지 않았다. 사실 그는 아직도 약에 취해서 해롱거리는 중이다. 이제 내가 주도할 차례다.

지난밤 저녁 식사 때 베넷이 극성맞은 고모들을 순진한 월에게 떠넘기는 사랑스러운 장면을 몰래 지켜보았다. 불이 내게 와서 자신이 여지껏 팔아치운 차들과 꼬드긴 여자들이 얼마나 많은지에 내해 이야기를 늘어놓을 때 나는 베넷이 부럽기도 하고 짜증이 나기도 했다. 그가 가족들을 맞이하는 모습과 어머니의 음식이 나오기 전까지 먹지 않고 기다리는 모습, 웨이터들에게 일일이 고맙다고 인사하던 것과 내가 화장실에 갈 때 같이 자리에서 일어나준 매너에 감탄했다.

이토록 매력적인 남자 베넷 라이언의 바보 같은 순결 서약따위는 무시하고 오늘 밤 난 그 위에 올라탈 것이다.

난 그를 무릎 꿇게 할 수 있는 수십 가지 란제리와 의상을 한가득 챙겨왔다. 대부분 허니문용으로 레이스가 달린 노출이 심한 의상이지만 피지에 있는 개인 리조트로 들어가기 전까지만 의상이 필요할 것이다.

그런 점에서 오늘 밤 새로운 미션을 위해서는 란제리를 입는 것이 더 적절했다. 우리 가족들을 비롯해 여러 가지 골치 아픈 문제가 주는 스트레스에서 벗어나 베넷과 하루에 몇 차례 섹스를 하는데 집중하는 것이다. 아주 간단한 목표다. 정신없는 가족들의 문제나 여러 사건들은 내가 제어할 수 있는 문제가 아니지만 이 남자의 페니스는 내가 확실히 제어할 수 있으니까.

윌은 이 날을 마지막 자유의 밤이라고 불렀다. 오늘은 목요일이고 결혼식은 토요일이지만 금요일에 리허설을 하면 베넷은 결혼한 거나 마찬가지니까 그와 맥스는 우리 모두 가스램프 쿼터(샌디에이고에 있는 사적지-옮긴이)로 나가자고 했다. 우리는 바 몇 군데를 돌며 술을 마셨다. 맥스는 "오늘 밤 제대로 취하고 클로에가 우리에게 넘겨준 엄청난 할 일 목록에 대해서는 모른 척하기로 합시다"라고 말했다.

나는 그들에게 우리 스위트룸을 내주었고 세라, 한나, 내 소꿉친구 줄리아, 곧 시누이가 될 미나와 함께 줄리아의 방에서 준비를 마쳤다. 다 같이 나가기 전에 여자끼리 약간의 수다를 떨고 싶은 마음에서 그렇게 했지만 우리가 바에 갈 때까지 베넷이 날 보지 않는 편이 더 좋았기 때문이기도 했다. 그가 오늘 밤 내가 입을 옷을 보게 된다면 슬립으로 날 침대 기둥에 묶어놓고 옷을 갈아입힐 테니까.

그가 날 침대에 묶어두고 섹스 할 것 같은 분위기라면 기꺼이 위층에 있는 우리의 신혼 방에 그와 같이 올라갈 준비가 되었다. 아, 난 베넷을 잘 알고 그가 한번 결정을 내리면 얼마나 고집불통인지도 잘 알고 있다. 오늘 밤은 기습공격을 해야 한다. 난 내 약혼자를 유혹할 것이고 그러기 위해서는 야비한 전략을 구사할 필요가 있다.

줄리아와 미나는 한나 드레스 지퍼를 고쳐주느라 바빴고 난 줄리아의 침대에 앉아 종아리를 감싸는 긴 스트랩 힐을 신었다. 지난밤 신은 구두가 제대로 역할을 해냈지만 그것만으로는 부족했다. 오늘 밤은 작은 검정 드레스에 달랑이는 샹들리에 귀걸이, 그리고 베넷과 정식으로 사귄 지 얼마 안 되었을 때 샌디에이고에 JT밀러 마케팅 컨퍼런스 참석 차 왔다가 클럽에서 신었던 힐을 신을 것이다.

난 새틴 스트랩을 종아리 뒤쪽에서 묶으며 2년 전 그날 밤과 내가 아침 일찍 W호텔 로비로 들어갔을 때 소파에 앉아서 날 기다리던 그의 모습을 떠올려보았다.

그의 머리카락은 엉망이었고 물어보지 않아도 손으로 마구 잡아 뜯었다는 것을 알 수 있었다. 지나고 보니 그때 우리가 사랑하고 있긴했지만 그가 나와 하룻밤을 더 보내고 싶다고 고백했을 때 난 얼마나 놀랐는지 모른다. 난 정말 그를 원했지만 그가 이렇게 솔직하게 얘기할 줄은 예상하지 못했다.

나는 베넷을 내 방으로 데리고 왔고 침대 위에서 우리는 몇 시간 동안 사랑을 나누고 서로에 대한 욕망과 감정에 대해 이야기를 주고받았다. 그때부터 우리의 관계는 급속도로 진전되었다. 그후 베넷이 아플 때면 그 대신 고객을 봐주었고 그가 병이 낫자마자 우리는 공식적인 연인이 되었다.

"클로에?"

세라와 시선이 마주치자 정신이 들었다.

"괜찮아?"

나는 몸을 구부려 반대쪽 신발을 신으며 고개를 끄덕였다.

"응, 그냥 베넷과 내가 처음 만났던 때를 떠올려보고 있었어."

세라는 내 옆에 앉아 팔짱을 꼈다.

"여기서 결혼하려니 이상해?"

난 어깨를 으쓱거렸지만 인정할 수밖에 없었다.

"조금. 뭔가 씁쓸한 기분이야. 알아?"

"그를 사랑하게 되었다는 걸 처음 안 게 언제야?"

난 눈을 감고 친구에게 기댄 채 그 질문을 잠깐 음미해보았다.

"내가 그를 사랑한다는 사실을 알기 전에 이미 그에게 사랑을 느낀 것 같아. 우리가 컨퍼런스 때문에 여기 왔다가 베넷이 식중독에 걸린 거 기억나?"

내 옆에서 세라가 고개를 끄덕였다.

"구글리오티 프레젠테이션을 하고 나서 베넷에게 진행 상황을 설명하고 그에게 쉬라고 한 뒤 나는 다시 컨퍼런스 장소로 돌아가 정리를 마쳤어. 그런데 호텔로 돌아와 보니 베넷이 소파에 앉아 있지 뭐야. 물론 항상 그랬듯이 여전히 멋져 보였지."

내가 그렇게 말하고 웃자 줄리아가 의미심장하게 눈썹을 들썩였다.

"하지만 그때 베넷은 그저 평범한 남자 같았어. 셔츠도 입지 않고 머리는 자다 일어나 눌려서 엉망이었지. 그는 속옷 밴드 아래로 손을 집어넣고 텔레비전을 틀어놓은 채 자고 있었어. 그가 그저 평범한 남자일 뿐이라고 자각한 뒤로 내 남자가 될 수도 있을 것 같다는 생각을 했어, 무슨 말인지 알겠지?"

친구들이 나를 둘러싼 채로 고개를 끄덕였다.

"그때가 가장 좋았던 것 같아. 그를 단순히 잘생긴 개자식 그 이상으로 보게 되었지. 하지만 그의 까칠함은 타의 추종을 불허하고 나조차도 가끔 움츠러들어. 그런데 난 그의 그런 점이 좋아. 단둘이 있을 때는 그가 긴장을 풀고 자신의 모든 측면을 보여주지. 그날 처음으로 그랬던 것 같아. 그때 그를 사랑한다는 사실을 알게 되었어."

"내가 볼 땐 더 일찍인 것 같은데."

미나가 미니바를 살피며 말했다.

"부모님 집 화장실에서 언니를 처음 봤을 때 얼굴 표정에서 느꼈어요. 오빠는 언니와 함께 있었던 것이 실수라고 말했고 그때 얼굴로 엄청난 감정이 스치던 걸요."

나는 코를 찡그리며 생각에 잠겼다.

"세상에, 그때 베넷은 정말로 왕싸가지였구나."

"오빠는 지금도 왕싸가지야."

미나가 다시금 일깨워주었다.

"그리고 오빠가 왕싸가지가 아니라면 언니가 다시 오빠를 왕싸가지로 만들 거야, 분명."

"너희는 정말 흥미로운 커플이야."

한나가 말했다.

"너희 같은 커플은 본 적이 없어. 섹스는 정말로 환상적이겠지."

한나는 지난 몇 달간 우리와 자주 어울렸으므로 이 말을 듣고도 아무도 놀라지 않았다… 미나를 제외하고는.

"굳이 그런 이야기는 듣고 싶지 않아."

미나가 귀를 막았다.

"다시는." 그녀가 날 쳐다보며 덧붙였다.

한나는 무릎까지 내려오는 회색 에이라인 실크 드레스를 입고 있었다. 줄리아가 한나의 매끄러운 갈색 머리를 솜씨 좋게 올려주었고 그녀의 길고 부드러운 목에는 작은 다이아몬드 펜던트 목걸이가 걸려 있었다. 윌이 그녀를 보고도 포커페이스를 유지할 수 있을지 궁금해졌다.

"난 오늘 밤 모든 음료를 다 마셔볼 거야."

세라가 자리에서 일어서자 둥근 배고 있던 푸른 드레스 자락을 펄럭이며 반짝거렸다.

"맹세코 오늘은 술 열 잔을 주문하고 바텐더가 뭐라고 하는지 들어볼 거야."

"넌 임신해도 예뻐, 세라."

구두를 신으려고 줄리아가 자리에서 일어서며 말했다. 침대 가장자리에 걸터앉은 줄리아는 구두에 발을 밀어 넣으면서 세라를 보고 말했다.

"그 볼록한 배와 당당한 태도가 좋아보여."

"나도 그렇게 생각해."

내가 말했다.

"세라는 점점 마녀가 돼가고 있어."

그 말에 세라가 웃음을 터트리더니 거울 앞에 서서 자신의 안색을 살폈다. 그러더니 나에게 목걸이를 더 조여 달라고 했다.

"난 지금 내 몸이 너무 좋아. 이상한가? 하지만 굴곡 있는 몸매가 마음에 들어."

"물론 에티엔은 그렇게 생각하지 않지만."

줄리아가 코웃음을 쳤다.

"에티엔이 세라 드레스 디자인을 완전히 뒤바꿔놨지."

난 한숨을 내쉬었다. 드레스. 줄리아는 내가 본 것 중 가장 완벽한 들러리 드레스를 찾았다. 티파니 블루에서 시작해 점차 회색이 감도는 슬레이트 블루로 짙어지는 그러데이션이 멋진 드레스였다. 소재는 주름을 잡은 시폰으로 만들어졌고 한쪽 어깨에 섬세한 끈이 달려 있었다. 하지만 점차 부푸는 세라의 배를 감당하려면 수선을 해야 했다. 디자이너인 에티엔은 그 사실을 알고 짜증을 부렸다. 그는 옷감 드레이핑과 대칭, 선이 틀어진다고 불평했고 둥글납작한 배라는 말을 거침없이 쓰기도 했다. 그가 계속 고함을 쳐대는 통에 그에게 돈을 더 많이 줄 수밖에 없었다. 그렇게 여섯 번의 수정 끝에 세라의 드레스가 완성되면서 일이 일단락되었다. 그랬기에 난 드레스가 얼마나 멋지고 아름답게 고쳐졌을지 들러리들의 드레스 차림을 보고 싶어 견딜 수가 없었다.

"맥스도 네 임신한 몸을 좋아할 거야."

미나가 알겠다는 미소를 지으며 말했다.

"맞아."

내가 그녀를 대신해 대답하며 세라의 목걸이를 풀어주었다.

"맥스가 세라에게 물 한 잔만 따라줘도 뭔가 외설적인 상황을 보는 것 같은 기분이야."

이 말에 세라의 뺨이 붉게 물들자 난 웃음을 터트렸다. 임신한 그녀의 볼은 쉽게 붉어졌고 난 그게 귀여워 보여다.

"이제 다들 나갈 준비가 된 거야?"

줄리아가 미니바에서 보드카 토닉을 꺼내며 물었다.

"난 술을 좀 마셔야겠어."

우리는 한 명씩 차례로 방을 나섰다. 미나가 로비에서 발렛을 맡겼던 차를 불렀고 내가 차에 올라타고 문을 닫으려는 찰나 남자들이 호텔 로비에 나타났다.

"세상에, 클로에."

줄리아가 숨을 내쉬며 맨 앞에 서 있는 베넷을 쳐다보며 말했다.

"저 남자 좀 봐."

난 입술을 꽉 깨물고 고개를 끄덕였다. 평상시처럼 그는 머리 스타일에 전혀 신경을 쓰지 않아서 완전히 엉망이긴 했다. 윌이 뭐라고 하자 그는 즐거운 듯 웃더니 주차된 차를 부르기 위해 날카로운 턱으로 고갯짓을 했다. 청바지에 헐렁한 티셔츠 차림이었지만 부드러운 캐시미어 아래로 몸매가 잘 드러냈다. 난 저 셔츠를 잘 안다. 내가 사준 것인 데다 몇 년 뒤에 닳아지면 다시 빼앗아 입으리라 생각하는 중이었으니까.

오늘 밤 그를 유혹하는 일은 상당히 재미있을 것 같았다.

내 다리는 이미 시야에서 가려져 있고 베넷의 위치에서 볼 수 있는 것이라고는 내가 걸친 검은색 미니 드레스의 맨 윗부분뿐이었다.

"넌 이제 죽었어."

세라가 내 하이힐을 내려다보며 웅얼거렸다.

"내가 그 자리에 가서 베넷의 반응을 직접 보고 싶은 걸."

"알아!"

나는 들뜬 목소리로 대꾸했다.

베넷이 조용히 눈썹을 들썩였고 난 창밖으로 팔을 내밀어 그에게 가볍게 손을 흔들었다. 우리가 남자들을 기다린 것은 아니었다.

"마켓에 있는 사이드바에서 만나요!"

줄리아가 창문 밖으로 소리쳤고 베넷이 손을 들며 특유의 멋진 미소로 화답했다.

* * *

사이드바의 천장에는 새빨간 새장이 매달려 있고 진한 빨강과 검정 가죽 소파에 벽에는 커다란 거울과 관능적인 누드사진이 걸려 있어서 근사해 보였다. 중앙에 위치한 바는 가는 금줄무늬가 들어간 번쩍이는 대리석으로 되어 있어서 고급스러운 느낌을 풍겼다. 우리가 도착했을 때 이미 부산한 모습이었지만 그렇다고 아주 번잡한 것은 아니어서 룸 뒤쪽에 위치한 커다란 부스 두 개를 빌릴 수 있었다.

남자들이 코로나도에서 오고 있는 동안 우리는 술을 주문하고 자리를 잡았다. 입구 쪽을 향해 앉아 있는데 때마침 베넷이 맥스, 윌, 헨리와 사촌인 크리스와 브라이언까지 데리고 나타났다. 반가운 마음에 자리에서 일어서서 베넷을 맞았는데 그는 붉게 립스틱을 바른 내 입술과 화려한 페디큐어를 한 발을 날카롭게 쳐다보았다.

나는 최대한 그의 시선을 무시하려고 애썼지만 사실상 그건 불가능했다. 베넷의 눈초리가 이번에는 나의 목과 가슴, 다리 곳곳을 훑어내리는 것이 느껴졌다. 그때 모두 자리에서 일어나 인사를 했고 나는 모두가 한자리에 모여 있다는 사실에 흥분이 되어 가슴이 콩닥콩닥 뛰었다. 브라이언, 윌, 맥스에게 차례로 입을 맞추었지만 불에게는 가볍고 정중하게 포옹만 했다.

그런 다음 천천히 베넷을 쳐다보니 이내 배 속으로 익숙한 짜릿함이 퍼지며 다리 사이로 흘러내렸다. 나는 까치발을 들고 그의 입가에 키스했다.

"당신, 오늘 끝내주는군."

그가 귓가에 속삭였다.

"도대체 뭘 입고 있는 거야?"

나는 비즈가 가득 박힌 검은색 미니 칵테일 드레스를 흘긋 내려다본 다음 손으로 쓸어내렸다.

"새로 샀어요. 마음에 들어요?"

대답을 들으려고 고개를 들기도 전에 베넷이 거칠게 내 팔을 붙잡아 어두운 복도로 데리고 가서 나를 벽에 밀쳤다. 흐린 불빛 속에서도 그의 얼굴에 드리운 분노와 욕망을 읽을 수 있었다. 내가 제일 좋아하는 그의 모습이다. 속에서 흥분이 일면서 나는 온몸으로 그의 손길을 느끼고 싶어 안달이 났다.

"대체 무슨 짓을 하고 있는 거야?"

베넷이 낮은 목소리로 화를 내며 물었다.

"좀 더 알아듣게 말해주겠어요? 난 친구들과 즐겁게 술을 마시고 있어요. 그리고…."

그가 두 손으로 거칠게 내 어깨를 잡고 벽에 더 세게 밀쳤다. 내가 헉하고 신음 소리를 내자 베넷은 더욱 화난 눈길로 쳐다보았다.

"구두 말이야, 클로에. 왜 그 구두를 신고 있는지 설명해보라고."

"나에게 특별한 구두니까요."

나는 천천히 그의 입술로 시선을 내리며 대답했다. 입술을 뚫어지게 쳐다보며 입맛을 다시자 그가 본능적으로 몸을 구부리며 밀착해왔다.

"과거와 미래가 모두 담겨 있는 구두니까 그렇죠. 전에 우리가 이곳에 함께 왔을 때 신었어요. 기억나죠?"

내 말에 베넷은 한층 더 화난 표정을 지었다.

"물론 기억해. 그리고 '과거와 미래'는 결혼식 당일을 위한 것이지 내가 당신에게 손을 대지 않으려고 애쓰는 이번 한 주를 다 지칭하는 것이 아니야."

"난 예행연습을 하는 중이에요."

내가 곧바로 쏘아붙였다.

"사실, 결혼 전에 연습해볼 것이 아주 많아요, 베넷. 아주 진한 오럴섹스라든지."

"정말 내 결심을 흩트릴 작정이야?"

난 눈을 동그랗게 뜨고 순진한 표정으로 고개를 흔들었지만 이렇게 대답했다.

"맞아요. 정말 그렇게 하고 싶어요."

그 말에 내 어깨를 잡은 손길이 헐거워지더니 베넷이 이마를 맞댔다.

"클로에… 매 순간 내가 당신을 얼마나 원하는지 알잖아."

"그건 나도 마찬가지예요. 그래서 말인데, 호텔에 가서도 이 구두를 계속 신고 있을까 하는데, 어때요? 당신이 뒤에서 내 다리를 들고 삽입하면…."

난 몸을 돌려 그의 귓불에 입을 맞췄다.

"그리고 드레스 안에 아주 섹시한 코르셋을 입었어요. 게다가…."

내 말이 끝나기도 전에 베넷은 날 밀치고는 몸을 돌려 그대로 돌아가버렸다.

난 그 기회를 틈타 여자 화장실로 가서 화장을 점검하고 거울을 보며 혼자 하이파이브를 했다. 마티니를 마셨지만 전혀 취기가 오르지 않았고 그를 유혹해야 했기에 더 지체할 틈이 없었다.

내가 자리로 돌아갔을 때 베넷은 많이 진정된 것처럼 보였고 맥스와 윌과 함께 부스에 앉아 있었다. 다른 남자들은 바에서 술을 주문하는 중이었고 여자들은 우리가 앉은 자리에서 멀찌감치 떨어진 무대에서 춤을 추고 있었다. 베넷이 부스 위로 팔을 편안하게 올려놓고 있어서 난 그 옆으로 파고 들어가 손바닥으로 그의 무릎과 허벅지를 어루만졌다.

"안녕, 자기."

내가 다시 인사했다.

"재밌게 놀고 있어요?"

그는 적도 무장해제 시킬 수 있을 것 같은 다정한 표정으로 쳐다보았고 난 미소를 지으며 그의 목에 입을 맞추며 속삭였다.

"당신을 얼른 내 입속에 넣고 싶어 견딜 수가 없어요."

그 말에 베넷은 당황한 듯 기침을 하며 보드카 김렛을 테이블에 내려놓았다. 맞은편에 있던 윌과 맥스가 그를 쳐다봤다.

"괜찮아, 베넷?"

윌이 의미심장한 미소를 지으며 물었다. 베넷이 금욕을 실천하고 있다는 이야기를 친구들에게 했을까? 그랬으면 좋겠다. 그렇다면 그의 계획을 무너뜨리기 위해 윌과 맥스가 팔을 걷어붙이고 나서줄 테니 말이다.

"술이 코로 들어가서 그래."

베넷이 설명했다.

"날 마실 때는 제대로 하면서."

모두가 다 들으라는 듯 내가 혼잣말을 하자 윌과 맥스가 웃음을 터트렸다. 윌이 몸을 구부리고 내게 하이파이브를 제안했다.

"그가 요새 금욕한다고 얘기하던가요?"

내가 물었다.

"당신을 안달나게 하려고 스포츠에만 몰두한다고 하던 걸요."

맥스가 말했다.

"하지만 솔직히 말해서, 클로에, 당신이 신은 그 구두가 정말 섹시하군요."

"그렇죠!"

난 베넷을 쳐다보며 미소를 지었다.

부스는 여러 사람이 앉을 정도로 충분히 넓었고 술을 주문한 브라이언과 불이 자리로 돌아왔다. 우리는 잠자코 칵테일을 마셨고 멀리서 세라의 웃음소리가 들리자 맥스와 나는 마주보며 미소를 지었다.

"댁의 아내가 저기 있군요."

내가 말했다.

맥스가 내게 건배를 하고는 뺨이 붉게 상기된 채로 웅얼거렸다.

"네, 맞아요."

그러고는 술을 들이켰다.

나는 세라를 쳐다보며 웃었다.

"임신한 댁의 아내가… 술잔을 여러 개 들고 가는 걸요."

그 말에 맥스가 놀라 고개를 들고 탄식하더니 자리에서 일어섰다. 그가 황급히 나서며 하는 소리가 우리에게 들렸다.

"세라, 여보, 그건 너무 무리야…."

"저 앤 이제 얻어터지겠군."

윌이 웅얼거렸다.

"그런 말은 꺼내지도 마, 섬너."

베넷이 고개를 저으며 말했다.

"너도 한나와 있을 때 말조심하는 편이 좋을 거야."

윌이 알겠다는 듯 어깨를 으쓱이고는 다시 부스에 몸을 기대더니 자기 여자 친구의 쭉 뻗은 각선미를 노골적으로 쳐다보았다.

난 부스에 앉아 있는 남자들을 훑어보며 그들이 조용한 이유가 야한 농담이라든지 시시껄렁한 유머나 스포츠 이야기를 하고 싶은데 내가 자리를 피해주지 않아서 그런 것이 아닐까 하는 생각이 들었다. 하지만 난 지금 이 상태가 편했고 베넷이 내 어깨 위에 팔을 올리고 있는 완벽한 이 순간이 마음에 들어 자리에서 일어나고 싶지 않았다. 그의 무릎 위로 올라타고 몸을 흔드는 것 말고는 움직이고 싶은 순간은 없었다.

나는 이 굉장한 아이디어를 실행에 옮기려고 했지만 그가 내 어깨를 꽉 붙잡으며 제지했다.

"절대 꿈도 꾸지 마."

"벌써 달아올랐어요?"

난 그에게만 들릴 수 있게 목소리를 낮췄다.

그 말에 베넷이 날 노려보았다.

"아니."

그래서 나는 관능적이게 혀로 입술을 핥았고 그 모습에 베넷의 눈동자가 내 입술로 향했다. 그의 얼굴이 가까이 다가오자 가슴이 두근거렸다.

"그러면 지금은요?"

"당신은 구제불능이야."

그는 몸을 돌려 술잔을 집어들었다.

불의 팔뚝에 있는 커다란 여자 얼굴 문신이 눈길을 끌었다. 난 다시 베넷에게 기댔지만 그가 몸을 뺐다.

"싫어요, 이리 와요."

나는 그의 티셔츠를 잡아당겼다.

"궁금한 게 있어서 그래요. 당신 귀를 핥지 않겠다고 약속해요."

그가 어쩔 수 없다는 듯 다가오자 난 재빨리 그의 귀를 핥고서 이렇게 물었다.

"불의 팔 문신 속 여자는 누구예요?"

베넷이 잠시 동안 문신을 살피더니 조용히 말해주었다.

"여자 친구인 것 같아, 아니면 헤어진 여자 친구라고 해야 하나? 메이지라고 십 대 때부터 만났다 헤어졌다를 반복하고 있어."

나는 그 말이 납득이 됐다. 어쩌면 불은 현재 이 메이지라는 여성과 '사귀는 중'이며 그러면서도 내 결혼식 피로연에 온 40대 이하의 모든 여성에게 집적대고 있는 것일지도 모른다.

"정말이에요?"

"정말이야."

나는 최대한 아무렇지 않게 불을 살폈다. 괜히 그의 시선을 끌어서 내가 자신을 보고 있다는 걸 의식하게 만들고 싶지 않았다. 그가 한 문신은 내 손바닥만큼 큰 데다 매우 정교했다. 가족들과 함께한 식사 시간에는 와이셔츠에 가려져 있었지만 편안한 옷으로 갈아입은 지금은 전체가 완전히 드러났다. 메이지의 얼굴, 목, 가슴골이 시작되는 부분까지 그려져 있었다.

나는 베넷에게 몸을 돌리고 이렇게 속삭였다.

"세상에, 그녀는 정말 대난한가봐요. 나도 오럴섹스에 일가견이 있지만 내 얼굴을 문신한 남자는 없었어요."

베넷은 여전히 미동도 하지 않고 술잔만 꼭 잡고 있었다.

"당신 팔에 내 얼굴을 문신해 달라고 하지 않을 테니 긴장 풀어요, 라이언 씨."

그는 거친 숨을 내쉬고는 잔을 입으로 가져간 뒤 이렇게 말했다.

"그것 참 다행이네."

그러고는 술을 들이켰다.

"대신에 끝내주는 오럴섹스를 해줄 거고 당신도 결국 문신을 하게 될지도 모르죠."

내가 그렇게 말하고 웃음을 터트리자 베넷이 내 등에 손을 대고 부스 밖으로 날 데리고 나가 친구들과 즐기라고 말해주었다.

우리는 춤을 추고 술을 마셨다. 한나와 미나는 계속 과감한 행동을 했고 우리는 옆구리가 아플 때까지 깔깔거렸다. 더할 나위 없는 밤이었다. 내가 가장 좋아하는 사람들과 함께 있고 여자 친구들에게 둘러싸인 이 순간에도 내 연인은 강렬한 눈초리로 나를 쳐다보고 있으니까.

그리고 모두가 베넷의 터무니없는 금욕 선언에 대해 내 편을 들어주고 있다. 맥스와 윌이 합류해 같이 춤을 추면서 장난을 치고 날 들어올리더니 베넷에게 데리고 가 술에 취한 상태로 거꾸로 키스하게 도와주었다.

"그래도 당신을 사랑해요."

그가 인상을 찌푸리자 내가 말했다.

"그리고 오늘 밤 당신의 그 선언을 무너뜨리겠어요."

베넷은 고개를 저으며 마지못해 미소를 지으려고 애썼다.

"나도 당신을 사랑해. 하지만 최선을 다해도 안 될 거야. 우리가 결혼하기 전까지 내 몸에 손을 댈 수 없을 테니까."

* * *

우리는 나란히 서서 이를 닦으며 거울 속 서로의 모습을 뚫어지게 쳐다보았다. 나는 치명적인 유혹을 부를 아찔한 속옷을 두꺼운 면 잠옷으로 잘 가렸지만 나와는 달리 베넷은 달랑 사각팬티 차림이라 그의 상반신을 감상할 수 있었다. 그의 젖꼭지, 가슴에 난 약간의 털, 그리고 넓은 어깨, 가슴, 복부가 좋았다. 나는 식스팩을 세어본 뒤 배꼽 아래에서 속옷 안으로 이어지는 털을 따라 시선을 옮겼다. 그 선을 혀로 핥아 내려가서 부드러운 페니스를 입에 물고 싶었다.

"또 수면제 먹었어요?"

그가 입을 활짝 벌리고 어금니 뒤쪽을 닦으며 고개를 저었다.

"당신 몸은 정말 섹시해요."

나는 칫솔질을 하며 웅얼거렸다.

그가 거품이 잔뜩 묻은 상태로 미소를 지으며 날 쳐다보았다.

"당신도 마찬가지야."

"오럴섹스 해도 되요?"

그가 몸을 구부려 거품을 뱉은 다음 입을 헹구고 대답했다.

"안 돼."

"그럼 후배위로 간단히 끝내는 건 어때요?"

그는 타월로 얼굴을 닦은 다음 내 정수리에 가볍게 입을 쪽 맞췄다.

"안 돼."

"손으로 해줄까요?"

나는 욕실을 나서는 그에게 물었다.

"안 돼."

나는 세수를 하고 그를 따라 침실로 들어갔다. 베넷은 이미 이불 속에 누워 정치에 관한 책을 읽고 있었다.

"표지에 군인이 나온 책을 읽으려고 내 오럴섹스를 거부하다니 모욕당한 기분이에요."

"그게 나한테 무슨 영향을 미치는지 모르겠는데."

그가 이렇게 대꾸하며 가볍게 윙크했다.

난 어이가 없어서 어깨를 움츠린 다음 잠옷을 벗고 민트색 초소형 티팬티와 꽃무늬 자수가 놓인 실크 쉬폰 스커트, 여기에 어울리는 브라 차림낸 상태로 그에게 다가갔다. 얇은 실크 가터벨트는 내가 처음 입어본 부드러운 누드스타킹을 고정해주었다.

그는 슬쩍 나를 살피더니 깜짝 놀라 다시 날 쳐다보고는 길게 숨을 내쉬었다.

"세상에."

그가 탄식했다.

"편안한 파자마예요."

나는 이렇게 말하며 이불을 들추어 그의 옆에 누웠다.

"그냥 실크 가터벨트에 얇고 비싼 속옷을 입고 당신 옆에서 자고 싶어서 그래요."

그는 등 뒤쪽으로 베개 높이를 조절하고는 다시 책을 읽기 시작했다. 나는 속으로 숫자를 100까지 세어봤지만 그의 책장은 한 장도 넘어가지 않았다. 글이 눈에 전혀 들어오지 않는 게 분명했다.

나는 이불을 아래로 내려 허벅지 윗부분을 노출한 다음 그를 향해 몸을 웅크리고 누워 속삭였다.

"이 스타킹 좀 만져봐요. 아주 연약해요. 당신이 눈길만 줘도 곧장 찢어질 거예요."

베넷이 기침을 하더니 미소를 지으며 날 쳐다보았다.

"당연히 그렇겠지. 그거 내가 사준 거잖아."

"하지만 이걸 입고 자야 할지 확신이 서지 않아요."

나는 고심하는 표정을 지어보였다.

"이걸 벗게 좀 도와주겠어요?"

그가 잠시 머뭇거리더니 보고 있던 책을 덮고 조심스럽게 협탁 위에 내려놓았다. 그러고는 이불을 내 다리 아래로 쭉 내린 다음 흐릿한 협탁 스탠드 불빛 아래서 날 감상했다.

"당신은 정말 미친 듯이 아름다워."

베넷은 이렇게 웅얼거린 뒤 몸을 구부려 내 목, 쇄골에 키스하고는 가슴 윗부분으로 내려왔다.

나는 승리감으로 온몸에 아드레날린이 솟구쳤고 눈을 감고 그가 브라를 쉽게 벗길 수 있도록 등을 구부렸다. 엉덩이도 살짝 들어 팬티 위에 걸친 작은 랩 스커트를 조심스럽게 벗길 수 있도록 했다. 하지만 눈을 떠보니 그가 천천히 내 스타킹을 한쪽씩 벗기고는 무릎 안쪽에 가볍게 입만 맞추었다.

뭔가가 잘못되었다.

내가 팬티 차림으로 누워있으면 베넷은 항상 사악한 눈빛으로 날 쳐다보고 미소를 지은 다음 팬티를 다리 아래로 끌어내려 벗기고 바닥으로 떨어뜨리지 않았던가.

“이제 괜찮지?”

그가 히죽거리며 물었다.

난 베넷의 이마에 구멍이라도 낼 것처럼 그를 무섭게 쏘아보았다.

“당신은 정말 이상해요.”

그가 눈동자를 굴리며 대답했다.

“나도 알아.”

“내 위로 당신이 올라오길 내가 얼마나 고대하고 있는지 알기나 해요? 이 속옷이 안 보여요? 정말 어이가 없군요! 치아로 살짝 물기만 해도 찢어질 텐데!”

"당신은 정말 섹시해."

그가 내 입술에 달콤하게 키스하자 나는 짜릿함에 가슴이 벅차올랐다.

"날 얼마나 원하고 있는지 알아. 그건 나도 마찬가지야."

그가 턱으로 아래를 가리키자 나는 팬티 속에서 완전히 발기한 페니스를 볼 수 있었다.

"당신이 날 믿어줬으면 좋겠어."

그는 불을 끄고 내게 등으로 보이며 돌아누웠다.

"사랑한다고 말해줘."

나는 손으로 그의 가슴을 어루만지고 머리카락을 쓰다듬었다.

"사랑해요."

"그럼 이제 그만 자야겠어. 내일은 할 일이 아주 많아. 나머지 하객들이 도착할 거고, 우리 결혼 리허설도 있잖아. 내가 당신의 남편이 되는 전야제이기도 해. 그 다음에는 절대 당신을 거부하지 않을 거야."

그는 따뜻한 입술로 천천히 키스했다. 혀를 밀어 넣거나 소리를 내지 않고 그저 입술만으로 달콤하게 빨아들여 난 이내 부드럽고 편안한 기분에 휩싸여 오르가슴을 느낄 필요도 없이 그렇게 이 남자 옆에서 스르르 잠이 들었다.

* * *

잠에서 깨보니 옆자리가 비어 있었다. 늘 있는 일이라 다시 잠을 청하려는데 불현듯 오늘은 베넷이 근무를 쉬는 날이라는 사실이 기억났다. 우리는 결혼식 때문에 샌디에이고에 와 있으니까. 난 갑자기 놀라 가슴이 쿵쾅거렸고 이상한 데자뷔가 느껴졌다. 베넷이 아프기라도 한 거면 어떡하지?

곧장 자리에서 일어나보니 어두운 침실과 이어지는 욕실에 불이 켜져 있는 것이 보였다. 그래서 침대에서 나와 스위트룸을 지나 거실에 있는 작은 욕실로 향했다. 확실히 불이 켜져 있었고 난 그를 불러야 할지 아니면 그가 괜찮기를 빌며 다시 침대로 돌아가야 할지 알 수 없었다. 망설이다 발뒤꿈치를 들고 살짝 안을 살폈다.

나는 눈을 깜박인 뒤 한 걸음 물러나 지난번 베넷이 아팠을 때를 떠올렸다. 세라와 이야기했던 식중독 사건 말이다.

"왜 날 깨우지 않았어요?"

내가 그렇게 물었었다.

"토하는 모습을 당신에게 보여주고 싶지 않아서."

"내가 도와줄 수도 있었잖아요. 그렇게 배려하지 않아도 된다고요."

"그렇게까지 할 필요는 없어. 당신이 뭘 해줄 수 있겠어? 식중독은 혼자만의 싸움이야."

다시 그를 혼자두기로 하고 침실로 가려고 발걸음을 돌렸는데….

작게 신음 소리가 들렸다.

난 가슴이 미어지면서 맥박이 빨라지기 시작했다. 그래서 얼른 문 앞으로 가서 나무 손잡이를 잡았다. 혹시 아이스크림이나 사이다가 필요한지 물어보려는데 쾌락에 젖어 신음하는 낮은 목소리가 들렸다.

"이런, 젠장. 아아아아아악."

나는 손잡이를 잡은 손을 풀고 비명이 새어나올까 봐 입을 막았다. 지금 그걸…? 침실 욕실이 아닌 이곳까지 온 것이 그걸 하려고…?

물을 트는 소리가 들리자 난 눈에서 레이저라도 나와 욕실 안 광경을 보여주었으면 좋겠다는 일념으로 뚫어지게 쳐다보았다. 대체 얼마나 자주 이러는 걸까? 항상 한밤중에 일어나 자위를 하는 걸까? 그가 물을 잠그는 소리에 나는 서둘러 침실로 걸음을 옮겼다.

그리고 베넷이 내가 깬 것을 눈치채지 못하도록 재빨리 매트리스에 눕고 이불을 턱까지 끌어당겼다. 그가 다른 곳에서 볼일을 보고 있는 동안!

난 베개를 베고 옆으로 누워 킥킥거렸다. 객실 맞은편 욕실 문이 열리더니 빛이 카펫 위로 쏟아졌고 그가 불을 끄자 이내 어두워졌다.

카펫 위를 성큼성큼 걷는 발자국 소리에 집중하며 숨을 고르려고 노력했다. 베넷은 조심스럽게 이불을 들치고는 안으로 들어와 내 옆에 몸을 웅크리고 누워 내 눈두덩에 입을 맞췄다.

"사랑해."

그가 이렇게 속삭이더니 물이 묻은 손으로 따뜻한 내 피부를 어루만졌다. 난 자는 척을 해야 할지 그에게 덤벼들어야 할지 확신이 서지 않아서 졸린 듯 그를 향해 몸을 돌리고는 손을 가슴 위에 올려놓았다. 그의 맥박은 활기찼고 심장이 크게 고동치고 있었다.

방금 막 오르가슴을 몰래 느낀 사람처럼.

난 그의 품에 파고들며 귀를 잡아당겼다.

"내 이름을 부르지 그랬어요. 모욕당한 기분이에요."

그 말에 베넷이 흠칫하더니 가슴 위에 올려놓은 내 손을 잡았다.

"당신이 자고 있는 줄 알았는데."

내가 코웃음을 쳤다.

"자고 있었어요."

난 그의 턱을 입술로 야금거렸다.

"욕실에서 혼자 오르가슴을 느끼니 좋아요?"

결국 그는 인정할 수밖에 없었다.

"응."

"뭐 하러 거기까지 갔어요. 내가 손으로 해줄 수도 있고 몸에 다른 구멍도 많은데."

그가 웃으며 이렇게 대답했다.

"클로에."

"자주 이렇게 혼자 즐겨요?"

질문하는 목소리에 불안함이 묻어날까 봐 나는 조마조마했다.

"당신하고 함께 있을 때는 한 번도 그런 적이 없어. 단지…."

그가 내 손을 입에 가져다대고는 손바닥에 키스했다.

"당신이 벗고 있었잖아. 그래서 참기가…."

그는 하려는 말을 멈추고 잠깐 웃음을 터트렸다.

"몇 시간 동안 계속 발기되어 있었어. 그래서 잠을 못 잤어."

한밤중에 중저음의 베넷의 목소리를 들으니 너무 좋았다. 특히나 오르가슴을 느끼고 난 뒤에 듣는 목소리는 더 좋았고… 물론 욕실에서 몰래 혼자 하긴 했지만. 사정하고 난 뒤면 그의 목소리는 언제나 더 깊어지고 말은 더 느려졌다. 그래서 형언할 수 없을 정도로 섹시해진다.

"무슨 생각을 했어요?"

그가 엄지손가락으로 내 손등을 이리저리 쓰다듬었다.

"당신이 내 얼굴 앞에 다리를 벌리고 누워 내 페니스를 물고 있는 생각. 당신이 날 놀렸던 것만 빼고 전에 그랬던 것처럼."

"누가 먼저 느꼈죠?"

한숨을 쉬며 그가 대답했다.

"잘 모르겠어. 난…."

그 말에 내가 베넷의 가슴을 가볍게 쳤다.

"진짜, 이러기예요? 당신의 판타지가 어떤 건지 알고 있는데."

어둠 속에서 그가 내 쪽으로 몸을 돌리며 말했다.

"당신이 먼저 느꼈어. 당연히 그렇지. 이제 그만 잘까?"

난 그의 말을 무시했다.

"당신이 내 입에 사정했거나 아니면 내…."

"당신 입속이 맞아. 이제 자, 클로에."

"사랑해요."

난 그에게 키스했다.

잠시 동안 그는 내가 그의 입술을 물고 빨도록 내버려두었다. 하지만 이내 입을 떼고 팔로 내 허리를 감싸고는 내 얼굴을 자신의 가슴 쪽으로 끌어당겼다.

"나도 사랑해."

"난 자다 일어나서 화장실에 가기 싫어요."

어둠 속에서 미소를 지으며 내가 말했다.

그가 입을 벌리는 소리를 들었지만 한동안 아무 말도 들리지 않았다.

"무슨 말이야?"

난 몸을 돌려 다리 한쪽을 그의 허벅지 위에 올리고 다른 쪽은 침대에 쭉 폈다.

"클로에…."

그가 탄식했다.

베넷이 했던 상상과 행동을 떠올리는 것만으로도 난 이미 축축하게 젖어버렸다. 욕실에서 그가 절정에 오를 때 내던 목소리도 마찬가지였다. 안도감과 후회가 뒤섞인 목소리는 단순히 즐기기 위해서가 아니라 어쩔 수 없는 필요 때문이라고 생각하니 그가 한층 섹시하게 느껴졌다. 나는 손가락으로 그의 피부를 어루만지며 서서히 아래로 내려갔다.

옆에 누운 베넷은 미동도 하지 않다가 내가 조용히 신음 소리를 내니 몸을 떨면서 차츰 녹아들었고 이내 방향을 돌려 반쯤 내 몸을 덮치고 내 목과 가슴 사이에 고개를 파묻었다.

"무슨 생각을 하고 있는지 말해줘."

그가 내 몸에 대고 속삭였다.

"당신이 하는 모든 생각을 말이야."

"이건 당신의 손이에요."

나는 그의 손으로 스스로를 어루만지며 점차 흥분하는 것을 느꼈다.

"그리고 당신이 날 희롱하고 있어요."

그의 목소리는 아주 저음이 되어 거의 파장 수준으로 낮아졌다.

"그래 어때?"

난 침을 삼키며 대답했다.

"클리토리스를 만져 달라고 하니 지금 당신이 손가락으로 작게 원을 그리며 마사지를 하고 있어요."

그는 웃음을 터트리고는 내 젖꼭지를 빨고는 조용히 키스했다.

"손가락을 하나만 넣었어. 계속 희롱할 거야. 당신이 내게 간청하는 소리가 듣고 싶거든."

"더 해주세요."

내 손가락은 그의 손가락보다 훨씬 작은 데다 손가락 하나로는 만족이 되지 않았다. 귓가에 속삭이는 그의 목소리와 함께 손가락 하나가 날 고문하는 것 같았다. 피부에 닿는 그의 숨결도 마찬가지였다.

"더 빨리, 더 큰 것을 주세요."

"당신은 참으로 요구사항이 많아."

그가 내 턱을 빨아 당기며 말했다.

"당신은 아주 축축하고 뜨겁겠군. 이제 당신이 어떤 맛인지 정확히 알겠어."

손가락은 원을 그리며 여전히 날 희롱했다. 그의 의도 그대로. 난 베개에 얼굴을 묻고 속삭였다.

"더 빨리요. 좀 더 강하게 해주세요."

"두 손을 다 써."

그가 조용히 말했다.

"손가락 두 개는 안으로 하고 나머지는 밖에. 내게 신음 소리를 들려줘."

나는 나머지 한 손을 아래로 내렸다. 내 엉덩이에 발기된 페니스가 닿는 게 느껴졌다. 양손을 사용해 자위를 하면서 옆에 누운 그의 땀과 비누냄새, 내 목과 가슴에 허겁지겁 키스하하는 그의 거친 턱수염의 감촉과 그가 속삭이는 목소리가 좋았다.

"젠장, 클로에. 신음 소리를 내."

그의 손바닥이 가슴을 감싸고 거칠게 움켜쥐자 난 숨이 가빠졌고 이내 그의 입이 내 젖꼭지를 물었다. 그가 빨아줄 때 나는 소리가 듣기 좋았다. 절박하면서도 웅얼거리는 소리. 너무 생생해서 눈으로 보지 않고도 뼛속 깊이 느껴졌다.

"오, 이런."

내가 신음했다.

"죽을 것 같아요…."

그가 내 젖꼭지에서 입을 떼고는 이불을 걷어내자 피부에 차가운 공기가 와 닿았다. 그는 이글거리는 눈으로 나를 보며 말했다.

"당신은 내 손으로 자위를 하고 있어."

그가 으르렁거렸다.

"당신이 뭘 좋아하는지 알려줘."

난 매트리스에서 엉덩이를 들어올렸다. 그가 내 위에 올라타서 날 가져주기를 바랐다.

하지만 베넷은 내 한쪽 다리를 높이 들어올리고는 손을 아래로 넣어 엉덩이를 때렸다.

"난 더 잘할 수 있어. 내 손은 이보다 더 강하게 당신을 가질 거야. 그래서 비명을 지르게 만들 거야."

내 손이 베넷의 대역을 충실히 해낼 동안 그는 내 귀에 대고 토요일에는 오랫동안 거칠게 섹스를 할 것이라고 속삭였다. 하지만 자위가 아닌 그를 통해 뜨거운 오르가슴을 느끼고 싶은 날은 토요일이 아니라 지금 이 순간이다.

게다가 그런 말만으로는 전혀 절정을 느낄 수 없었다.

우리는 숨을 거칠게 몰아쉬며 아무 말 없이 베개 위로 머리를 떨어뜨렸다. 불만족스러웠다. 내 가슴 위로 느껴지는 숨소리와 성적 농담으로는 오르가슴에 다다를 수 없었다. 그가 내 속에서, 내 위에서 나와 함께하며 절정에 오르는 것을 느끼고 싶었다. 그가 사정하는 순간을 함께하고 싶었다. 그는 내 것이고 그의 쾌락도 내 것이고 그의 몸도 내 것이니까. 그런데 그는 왜 날 기다리게 만드는 걸까?

그의 커다란 손이 엉덩이뼈를 지나 어깨까지 내 몸의 곡선을 따라 훑을 때 그가 왜 그랬는지를 알게 되었다.

그는 내가 결혼식이 아닌 다른 무언가로 생각을 돌릴 수 있도록 해주고 있었다.

악역을 자처해서 내가 그를 고문하게 한 다음 그는 못내 그게 싫은 것처럼 행동하고 있었던 것이다.

이번 주 내내 그는 '우리'를 느끼게 해주고 있었다. 겉으로는 각자 다른 사람들에게 집중하면서도 마음속으로는, 그리고 어두운 방에서는 눈을 깜박이는 찰나의 순간에도 서로에게만 집중할 수 있도록 만들었던 것이다.

그럼으로써 서로를 알아보고 인생 최고의 배우자를 선택한 것이라고 확신하게 만든 것이다.

"당신은 참으로 영리해요, 그거 알아요?"

난 몸을 웅크리고 손으로 그의 어깨와 머리카락을 어루만지며 물었다.

그는 내 목에 입을 맞추며 빨아 당겼다.

"나중에 나한테 고마워 해."

그가 고개를 돌려 내게 키스하자 신음이 나왔다. 그의 단단하고 위엄 있는 입술을 느끼며 내가 입을 벌리자 그의 혀가 들어와 미끄러지듯 입안을 휩쓸었다.

그는 뜨겁고 거친 손길로 내 몸의 모든 곡선과 계곡을 어루만졌고 나는 황홀함에 몸을 떨었다. 내 배에 그의 단단한 페니스가 닿았고 그를 내 몸 위로 올라오게 했다.

"안으로 들어와요."

나는 절박하고 쉰 목소리로 말했다. 손으로 그의 목을 어루만지다가 얼굴을 감싸며 내 쪽으로 끌어당겼다.

하지만 그는 한숨을 쉬며 몸을 돌리더니 내 손가락을 거둬 자신의 입에 넣었다.

“젠장.”

베넷이 탄식하면서 내 손가락 하나하나를 자신의 입에 넣고 혀로 감으며 맛보았다. 그는 내 손을 치우고 좌절한 듯 손바닥으로 얼굴을 감싸고는 거칠게 숨을 내쉬었다.

“빌어먹을.”

“베넷….”

그는 미처 붙잡을 틈도 주지 않고 침대를 박차고 일어나 화장실로 가더니 쾅 하고 문을 닫았다.

4

다음날 아침 쉽게 눈이 떠지지가 않았다.

발코니 문으로 밝은 햇살이 쏟아져 들어와 침대에 널브러져 있는 내 피부를 뜨겁게 데웠다. 공기 중으로 짭조름한 바다 향이 풍겼다. 해변으로 밀려드는 파도소리도 들렸다. 그리고 클로에는 내 옆에 나체로 누워 있었다.

그녀는 뭐라고 잠꼬대를 하며 내 몸 위로 다리를 올리더니 가까이 다가왔다. 시트 위로 그녀의 향수 냄새가 은은하게 풍겼지만 그녀의 체취가 더 짙게 남아 있었다.

나는 숨을 내쉬며 조심스럽게 그녀를 내게서 떼어 돌려놓았다. 그러고는 침대에서 나와 어느새 또 단단해져 버린 페니스를 내려다보았다. '제정신이야?' 난 생각했다. '또 하고 싶어?' 지난밤 두 번이나 화장실에 갔었다. 클로에가 쇼를 벌이기 전과 후에 한 번씩. 그런데 지금 다시 이러고 있다. 항상 반역은 있게 마련이니까.

클로에는 토요일까지 기다려야 한다는 내 주장이 영리하다고 했지만 사실 난 어리석었다고 느끼는 중이다. 난 불안에 떨며 안절부절못하고 있다. 몸속에서 쉴 새 없이 욕망이 끓어오르는 통에 너무 지쳐 잠을 잘 수 없었고 그저 이 욕구를 한바탕 쏟아내고 기절하듯 잠에 곯아떨어지고 싶다는 생각뿐이었다.

평소 같았으면 따뜻한 침대와 클로에를 내버려두고 몰래 화장실로 가서 내 오른손에 의지하지 않았을 것이다. 하지만 지금은 평범한 상황이 아니고 솔직히 말해 지난 며칠 동안 오른손이 아주 값진 노릇을 해주고 있었다.

나는 어젯밤에도 욕실로 몸을 피했고 지금 이 시점에서 보자면 클로에에게 항복한 것과 마찬가지였다. 그러니 얼른 이 방에서 나가야 한다.

나는 거실에서 스마트폰을 찾아 맥스에게 문자를 보냈다.

'도망가야겠어. 너도 갈래?'

1분이 채 되지 않아서 맥스에게서 답장이 왔다.

'당연하지. 윌을 데리고 갈 테니 10시에 수영장에서 만날까?'

'그럼 이따가 봐.'

나는 이렇게 답을 보내고 스마트폰을 소파 위로 던져버렸다.

클로에가 잠에서 깨기 전에 얼른 자위를 끝내고 이 방을 나서야 한다.

* * *

맥스는 섹스를 한 것이 분명했다. 수영장으로 들어오는 그는 덥수룩한 머리에 팔다리는 힘이 풀려 흐느적거렸다. 하지만 그런 맥스의 모습이 전혀 싫지 않고 오히려 흐뭇하게 느껴졌다.

'아니. 그래도 조금은 싫다.'

"오늘 꼴 보기 싫을 정도로 행복해 보이는데."

나는 밝은 청색 파라솔 아래로 접이식 의자를 놓으며 말했다.

"왜 넌 그렇지 못해서 괴로운 거야?"

그가 히죽거리며 대답했다.

"금욕 선언에 무슨 문제라도 생긴 거야?"

나는 한숨을 쉬고는 뻐근한 목을 이리저리 풀었다.

"토요일이 되려면 아직 멀었어."

맥스가 고개를 저으며 웃었다.

"조금만 더 참아."

"윌은 어디 있어?"

"아직 한나와 같이 있나봐. 나더러 기다리라고 했어. 좀 이따가 내려온다고."

맥스는 맞은편 의자에 앉아 몸을 구부리고 운동화 끈을 단단히 동여맸다.

"잘됐네. 너한테 하고 싶은 이야기가 있어."

그가 움찔하며 날 쳐다보았다.

"그게 뭔데?"

"윌이 흉측한 광대를 고용해서 내 생일에 노래 메시지를 전달했던 거 기억나?"

난 본의 아니게 몸서리를 치며 물었다. 나와 윌, 맥스, 우리 세 사람에게는 이런 식의 장난이 평범한 일상이었다. 다 같이 라스베이거스에 갔을 때 우연히 여장 남자 매춘부를 고용했던 사건 이후로 윌은 나와 맥스에게 보복하려고 양아치 몇 명을 보냈다. 그때 이후로 상황은 악화되었다. 클로에는 우리 중 누군가가 병원 신세를 지거나 감옥에 가야 이 장난이 끝날 거라고 했다. 난 돈을 써서라도 감옥에는 가지 않을 거다.

맥스가 한숨을 내쉬었다.

"젠장. 겨우 잊었었는데. 다시 상기시켜줘서 참 고맙네."

윌이 오나 보려고 뒤쪽을 흘끗 쳐다보았다.

"나한테 좋은 생각이 있어."

"말해봐."

"어젯밤에 클로에의 고모들을 봤지?"

"하이에나가 가젤을 사냥하는 것처럼 맴돌던 분들 말이지? 봤어."

"이렇게 하는 것이 어느 정도 마땅한 것인지도 몰라."

나는 맥스의 반응을 기다렸다. 그는 전혀 동요하지 않았다.

"어느 정도라니, 베넷?"

"아니, 완전히야."

그는 고개를 저었지만 분명 즐거워하고 있었다.

"그분들이 희망을 가질 거라고 생각하지 않는 거지?"

"그분들은 그저 즐길 사람을 찾고 있어. 그래서 윌이 경험 많은 여자를 좋아하고 쓰리섬을 즐긴다고 슬쩍 흘려뒀지. 굳이 변명하자면 그건 사실이잖아."

맥스가 동의한다는 듯 눈썹을 들썩거렸다.

"엄밀히 말해서 사실이지."

내가 이렇게 정정했다.

"난 지옥에 가게 될까?"

"한나를 어떻게 보려고?"

"난 그렇게 나쁜 놈은 아니야, 맥스."

맥스는 '아 그래?'라고 대답하듯 눈썹을 들썩였다. 난 그의 반응을 무시하고 말을 이었다.

"한나에게 참여하지 않겠냐고 물어봤고 그녀가 동의했어."

"정말이야? 생각보다 까다롭지 않네."

맥스가 믿을 수 없다는 듯 고개를 저었다. 어떤 여자 친구가 그런 사악하지만 멋진 계획에 동의한단 말인가? 분명 한나는 비범한 인물이다.

"윌을 다치게 하지 않겠다고 확인시켜주고 난 뒤에야 그녀가 승낙했어. 아무튼 난 한나가 마음에 들어."

"나도 마찬가지야."

맥스가 재빨리 고개를 끄덕였다.

"그래서 어떻게 생각해? 그냥 하지 말까? 솔직히 말해서 조금 껄끄럽긴 해. 클로에의 고모님이잖아."

그때 우리 쪽으로 다가오는 발자국 소리가 나서 고개를 들어보니 윌이 달려오고 있었다.

맥스가 재빨리 몸을 낮히고 속삭였다.

"윌에게 말하기만 해봐. 죽여버릴 테니까."

* * *

우리 셋은 호텔을 나섰다. 바다에는 드문드문 서핑하는 사람들이 보였고 우리가 해안가를 따라 조깅을 시작하자 다른 무리들 몇몇이 우리를 스쳐 지나갔다.

"오늘 왜 이렇게 일찍 일어난 거야?"

오른쪽에서 꾸준한 속도로 달리던 맥스가 물었다. 경쟁주자인 윌은 우리보다 6미터쯤 앞서가며 몇 분 간격으로 뒤를 흘끔거렸고 잘난체를 하면서 약을 올렸다.

"그냥… 여러 가지로."

내가 솔직하게 대답했다.

"평생 이렇게 기진맥진하면서도 동시에 긴장된 적은 처음이야. 이런 말 듣기 싫겠지만 10시간을 내리 자고 싶은지 섹스를 하고 싶은지 잘 모르겠어."

맥스는 동정어린 표정으로 내 어깨를 토닥였다.

"어떤 기분인지 나도 알아."

그가 말했다.

"지옥 같지."

나는 그를 쳐다보며 대꾸했다.

맥스가 웃음을 참으며 말했다.

"미안해, 친구. 네 아픔을 가지고 장난치고 싶지 않지만 이건 공통의 영역이라서… 난 세라의 그런 모습을 처음 봤어. 그녀는 항상… 이 말을 어떻게 꺼내야 할까…?"

맥스는 턱을 긁으며 생각에 잠겼다.

"그녀는 항상 열성적이야. 하지만 임신한 몸이잖아? 그런데 말도 마. 내가 체력이 더 딸린다니까."

난 출렁이는 파도 속으로 맥스를 던져버리고 싶었지만 그가 당황해 허둥지둥하며 말을 더듬는 모습이 조금은 사랑스럽게 느껴졌다.

"지금껏 네가 했던 말 중에서 가장 조리 있지 못했어."

"젠장, 네 말이 맞아."

"정말 널 싫어하지 않으려고 노력 중이야."

내가 한탄했다.

"그래 그건 그렇다 치고."

맥스가 의미심장하게 말했다.

"요즘 어때?"

"평소랑 똑같아. 어머니는 걱정거리가 생기면 30분에 한 번씩 문자를 보내. 장인어른은 줄리아를 프레드릭 와치에게 보내지 않을 거라는 애먼 생각을 하고 계시고. 불은 클로에가 마지막으로 한 번 자신과 즐겨주기를 기다리고 있어. 이대로 가다간 결혼식이 끝나고 신경쇠약증으로 재활원에 들어갈지도 몰라."

"클로에는 어떤데?"

그가 물었다.

"클로에는 클로에야."

내가 대답했다.

"그녀는 섹시하고 화를 잘 내고 계속 날 궁금하게 해. 어젯밤에는 그녀의 목을 조를 뻔했지만 대화로 잘 풀었어. 우리가 마침내 서로를 이해하게 된 것 같아."

"잘됐네."

맥스가 말했다. 하지만 너무 성의 없는 대꾸에 난 그가 계속 윌을 주시하고 있음을 눈치챘다.

“왜?”

맥스의 표정을 살피며 내가 물었다.

“아무것도 아니야.”

“스텔라, 할 말이 있으면 말해.”

윌은 우리가 더 이상 따라붙지 않는다는 사실을 깨닫고 다가왔다.

“무슨 일이야?”

그는 셔츠 단으로 이마에 맺힌 땀을 닦으며 궁금한 듯 나와 맥스를 번갈아 쳐다보았다.

“금욕주의에 대해 이야기하고 있었어.”

맥스가 대꾸했다.

“이런 세상에.”

윌이 나를 향해 고개를 돌렸다.

“내가 이때까지 들어본 말 중에 가장 멍청한 거라고 생각해.”

“난….”

내가 말을 꺼냈다.

“나도 동의해.”

맥스가 끼어들었다.

“바보 같은 게임은 집어쳐. 캘리포니아에서 결혼하겠다고 해변에 호텔까지 빌려놓고는 섹시한 약혼녀는 거들떠도 안 보고 뭐하는 거야?”

"멍청이."

윌이 고개를 끄덕였다.

맥스가 내 기를 죽이려는 듯 노려보았다.

"정신박약자."

"남자 망신 시키는 거지. 나라면 흥분하자마자…."

"그만 닥치라고."

나는 해변에 쩌렁쩌렁 울리도록 고함을 질렀다.

"이게 터무니없는 짓이라는 건 나도 알아! 하지만 당시에는 그럴싸했어. '좀 더 특별하게' 하고 싶다고 생각했거든. '좀 더 갈망하게 만들고.' 난 클로에가 매일 나한테 화를 내도 된다는 게 얼마나 즐거운 일인지 알아줬으면 좋겠어. 그런 당신을 감당할 수 있는 사람은 세상에 나밖에 없다는 사실도 알게 해주고 싶어. 젠장, 그런데 일이 점점 엉망이 되어가고 있어. 물론 나도 인정해. 내가 그렇게 힘들어 보여?"

난 친구들이 살짝 겁에 질려 고개를 끄덕일 때까지 미친 듯이 손짓했다.

"이미 주사위는 던져졌고 난 따를 수밖에 없어. 이건 클로에와 관련된 문제야. 그녀가 이미 내 고환 한쪽을 꽉 움켜쥐고 있으니 나머지라도 지켜야겠어! 토요일이 오기 전에 내가 섹스를 한다면 내가 자기 손아귀에 완전히 들어왔다고 생각해서 날 휘두르려고 할 거야. 오럴섹스를 해주면 내가 감사해야 한다고 생각하겠지! 그리고 엉덩이를 때려도 자신이 허락해서 그런 거라고 여길 거라고! 아무나 신지 못하는 이상한 구두를 신고 침대에서 날 유혹할 거라고!"

나는 크게 침을 삼키고 목소리를 낮췄다.

"그렇게 되면 그녀가 자기가 얼마나 배은망덕하고 왕짜증에 신경질적인지를 깨닫게 만드는 방법은 침대에 묶어두는 것밖에 없어. 그것도 평생 동안이나!"

나는 장황한 연설을 했고 나도 모르게 흘러나온 침을 닦으며 눈을 감고 마음을 진정시켰다.

"넌 정말로 욕구불만이구나."

윌이 상당히 인상 깊다는 듯 진지하게 말했다.

맥스는 커다란 손을 내 어깨 위로 올렸다.

"윌의 말이 맞아, 친구. 내가 생각한 것보다 더 심각한데."

"됐어, 집어치워."

나는 씩씩거리며 맥스의 손을 치우고 해변을 따라 걷기 시작했다.

"이건 내 실수일지 모르지만 너희도 모두 망한 거야. 이 내기에서 클로에가 이긴다면 너희들은 모두 축배를 들겠지. 지구상에 있는 모든 남자들이 축배를 들고 아무도 고통 받지 않겠지. 난 그게 싫어. 그건 계획에 없었으니까. 하지만 이게 우리 모두가 처한 위기야."

맥스가 고개를 저으며 뒷걸음질로 내 옆으로 다가왔다.

"지금 섹스가 필요한 사람은 비단 너뿐만이 아니야, 베넷. 클로에 역시 일주일째 못하고 있잖아. 이제 네 전략을 중단할 때이야."

나는 천천히 걸음을 멈추었다.

"지금 무슨 말을 하는 거야? 어젯밤에 봤잖아. 클로에는 정말로 날 힘들게 하고 있다고. 그런데 어째서 클로에도 '못하고' 있다는 거야?"

"널 힘들게 하는 사람이 클로에라고 생각하면 이 결혼으로 분명 넌 한층 부드러운 사람이 될 거야."

맥스가 말했다.

"너희 두 사람은 내가 아는 사람들 중에서 가장 변덕스러워. 만화 영화 속 주인공들을 구경하는 기분이야. 그리고 클로에 밀스에 대해 내가 들은 바로는 자신이 원하는 것을 얻기 위해 네 거시기를 잘라서 요리를 하고도 남을 사람이라던데. 널 의자에 묶어두고 네가 섹스를 해 달라고 조를 때까지 고문할 수 있는 사람이야. 그런데 그녀가 어제 밤에 어떻게 했어? 야한 란제리를 입었다고? 널 향해 가슴을 흔들었다고? 예의범절을 엄청 따지는 네가 모든 규칙을 깨버리고 사무실 사방에서 섹스 하게 만들었던 그녀가 그랬다고? 난 계속 참는 건 아니라고 봐."

"난…."

나는 바보처럼 눈을 깜박이며 우물거렸다.

"윌, 너의 범생이 같은 이론을 들려줘봐."

맥스가 말했다.

"꽤 그럴싸하니까."

윌은 한걸음 가까이 다가와 작당이라도 하듯 몸을 구부렸다.

"폭풍 전야의 고요함이라는 말 들어봤어? 토네이도나 폭풍이 일어나기 바로 직전에는 모든 것이 아주 고요하잖아?"

"들어본 것 같아."

난 그 말이 마음에 들지 않았고 그게 클로에와 무슨 상관이 있는지도 알 수 없었지만 호기심에 이렇게 대답했다.

"맞아."

윌은 자신이 지금부터 세상에서 가장 흥미로운 이야기라도 할 듯한 표정을 지었다. 그는 살짝 무릎을 구부리고 중요하다고 생각되는 부분에서 과장되게 몸동작을 취했다.

"그러니까 수증기와 열기가 하늘로 올라가서 폭풍의 핵 안으로 빨려 들어가. 그 상승기류가 정체된 공기를 밀어내고 가장 높은 구름으로 올라가게 만들어. 무슨 말인지 알아듣겠어?"

윌이 물었다. 나는 가슴이 답답해지는 것 같았지만 일단 고개를 끄덕였다.

"이제 가장 중요한 부분을 설명할 거야."

맥스가 확신하듯 말했다.

"그러니까 넌 지금 공기를 밀어올린 상태야. 하지만 압축되어 따뜻하고 건조한 상태가 되어야 해. 고요하게 말이야."

그는 주목도를 높이려고 잠시 말을 멈추었다.

"그래서 안정적인 공기 덩어리가 되었다가 구름 형태로 변하고 완전히 정적인 공기만 남는 거야. 폭풍 전야의 고요함처럼."

맥스는 이미 고개를 끄덕이고 있었다. 그러고는 윌이 세상에서 가장 그럴싸한 비유를 한 것처럼 그의 등을 향해 박수를 보냈다.

난 인상을 찌푸렸다.

"대체 무슨 말을 하는 거야?"

맥스가 팔을 뻗어 내 어깨를 꽉 붙잡았다.

"친구, 우리가 하려는 말은 네가 몸을 통제할 수 있을 거라고 생각하느냐는 거지. 하지만 우리 모두는 네 시한폭탄이 터지기를 기다리고 있어."

* * *

나는 하루 종일 매의 눈으로 클로에를 감시했다. 맥스와 윌이 한 말이 일리가 있다는 점을 인정할 수밖에 없어서 두려웠기 때문이다.

그녀는 내가 호텔로 돌아왔을 때도 전혀 화를 내지 않고 홀로 샤워를 했다. 그녀의 맨 어깨에 입을 맞추자 그저 따뜻하게 웃어 보일 뿐 내가 자위를 했을까 봐 혹은 혼자 아침 식사를 먹었을까 조바심을 내는 눈치는 조금도 없어 보였다. 그녀는 물기가 남은 몸을 타월로 감은 상태로 머리를 말리고 있었다. 그리고 자신이 나체라는 점을 굳이 강조하지 옷을 입게 '도와' 달라고 부탁하지도 않았다. 다시 한 번 더 섹스해 달라고 요구하지도 않았다.

그녀의 수용적이고 다정한 모습에 난 완전히 혼란에 빠졌다.

웨이터의 실수로 엉뚱한 아침 식사가 나왔는데도 클로에는 화를 내지 않았다. 고모들이 카메라를 들고 화장실까지 따라와 억지를 부리고 결국 세면대 맞은편에서 사진을 찍었을 때도 그녀는 평정심을 유지했다. 우리 엄마가 클로에에게 결혼식에서 올림머리를 하지 말고 아래로 늘어뜨리라고 했을 때도 클로에는 힘없이 미소만 지어보였다.

이 상황은 마치 공기 중에 폭풍우가 드리우고 있다는 느낌이었고 웨딩 리허설은 아직 시작도 하기 전이었다.

* * *

"사고가 있었다니 무슨 말이죠?"

웨딩플래너와 이야기를 나누다가 클로에를 슬쩍 쳐다보았다. 그녀는 나와 9미터 정도 떨어진 해변에서 걷고 있었다. 처음에는 노발대발하며 욕을 해대더니 지금은 이상하리만치 조용해져서 혼자 팔짱을 끼고 모래사장을 따라 걷는 중이었다.

나는 인상을 찌푸리고 다시 웨딩플래너인 크리스틴을 쳐다보며 그녀의 설명에 집중했다.

"괜찮을 겁니다, 베넷 씨."

크리스틴은 날 안심시키려는 듯 장담했지만 그런 말투가 오히려 내 화를 돋울 뿐이었다. 일이 잘못되면 사람은 대개 누군가에게 화를 낸다. 시끄러운 바퀴처럼 요란하게 굴면서 일이 제대로 돌아가지 않으면 가만히 있지 않겠다는 고함친다. 문을 쾅 하고 닫거나 누군가를 해고하기도 한다. 파란색 샤넬 정장에 진주 목걸이 차림으로 나타나 사이보그와 같은 신부와 멍청한 신랑에게 모든 게 괜찮을 거라고 말하는 이 상황은 용납할 수가 없었다.

"드레스에 살짝 문제가 있어서요."

사고가 있었든 살짝 문제가 있었든 이런 것들이 내 목구멍으로 치밀어 오르기 시작하는 거부감을 설명하기에는 부족했다.

"드레스가 아침 일찍 도착했는데 확인해보니 다림질이 안 되어 있었어요. 뭔가 의사소통에 착오가 있었던 것 같은데 큰 문제는 아니에요, 베넷 씨. 신부님이 보지 않았다면 제가 직접 베넷 씨께 알리지도 않았을 겁니다."

그렇다면 클로에는 이미 쭈글쭈글한 웨딩드레스를 보았을 것이고 한차례 미쳐 날뛰었을 것이다. 나는 한숨을 쉬고 해변가에 줄을 맞춰 놓여 있는 하객용 의자를 쳐다보았다. 클로에의 고모들이 윌의 양옆에 앉아 있었고 윌은 무릎에 손을 얌전히 올리고 뭐랄까…긴장한 듯 보였다. 그는 가능하다면 이 결혼식에서 당장 도망쳐버리고 싶다는 듯한 표정이었다. 한나는 미나와 이야기를 나누고 있었지만 간간히 그를 쳐다보았고 처음에는 작게 미소 웃다가 이내 함박웃음을 지었다. 그녀는 앞으로 몇 년 동안 나의 훌륭한 동맹이 되어줄 것이 분명했다.

맥스와 세라는… 어딘가에 있겠지. 아직 객실에서 내려오지도 않은 것이 분명하다. 젠장, 부러운 놈. 우리 가족들은 모두 서서 이야기를 나누며 리허설이 시작되기만을 기다리고 있었다.

"그래서 드레스는 어떻게 되는 건가요?"

내가 물었다.

크리스틴이 미소를 지으며 말했다.

"이미 세탁소에 보내놓았고 오전 중으로 다림질은 끝날 겁니다. 내일 한시 전까지 모든 것을 완벽하게 끝내서 보내주기로 신부님께 말씀드려놨어요."

"결혼식은 네 시잖아요."

내가 손으로 머리를 쓸어 넘기며 물었다.

"시간이 좀 촉박한 것 같지 않습니까?"

"그렇지는 않을 것…."

"아니오, 안 되겠어요. 내가 직접 받으러 가겠어요."

"하지만…."

옆에서 우리의 대화를 듣고 있던 미나가 다가와 크리스틴의 어깨에 손을 올렸다.

"그냥 알았다고 하세요."

헨리가 말했다.

"그래야 모든 게 수월해요, 내 말 믿어요."

* * *

하객들이 차례로 도착하는 모습을 보며 나는 클로에에게 다가갔다. 그녀는 얇은 핑크 드레스를 다리 위로 걷어 올리고 발을 모래 속에 깊이 파묻은 채 물가에 쭈그리고 앉아 있었다.

"리허설 할 준비가 되었어?"

난 물이 얼마나 차가운지 손을 넣어보며 물었다. 그러고는 팔을 뻗어 그녀가 자리에서 일어나도록 도와준 뒤 그녀의 손을 잡고 하객들이 있는 쪽으로 걸음을 옮겼다.

"오늘따라 말수가 적네."

그녀가 고개를 저었다.

"난 괜찮아요."

클로에는 짧게 대답하고는 크리스틴이 가리키는 쪽에 가서 섰다.

'그럼 된 거지.' 하늘을 올려다보니 구름이 끼기 시작했다.

내가 미칠 것 같은 이유는 클로에가 어디에 있든 눈을 뗄 수 없어서다. 처음 만난 날부터 매일 매 순간 그녀를 원했고 그 점이 날 미치게 했다. 나는 내 정신을 흩뜨린 죄로 늘 그녀를 몰아세웠고 그녀 역시 발끈해 내게 되갚아주었다. 그렇게 하면서 난 그녀를 더 많이 원하게 된다. 항상.

유명한 제임스 마스터스 목사님이 우리가 어디에 서고 언제 등장해야 하는지 설명하는 와중에도 난 그녀에게서 눈을 뗄 수가 없었다.

"베넷 씨?"

누군가 내 이름을 불러 고개를 드니 모든 사람들이 날 쳐다보고 있었다. 어깨너머로 맥스의 특이한 웃음소리가 들려왔고 난 마음속으로 그에게 손가락 욕을 했다.

"입장할 준비가 되셨나요?"

크리스틴이 처음 묻는 것이 아니라는 듯 천천히 말했다.

나는 인상을 찌푸렸고 정신이 아득해질 정도로 짜증이 났다. 식순을 숙지하는 일이 얼마나 중요한지는 나도 알고 있었다.

"물론이죠."

"그럼 됐습니다. 하객 여러분?"

크리스틴이 말했다.

"이쪽으로 오셔서 줄을 서볼까요?"

주변에서 웅성거리는 소리가 들렸고 모두가 앞으로 나와 통로 끝부분까지 길게 늘어서며 자리를 잡았다.

신랑 들러리인 헨리가 제일 앞에 선 뒤 세라의 팔짱을 꼈다.

"네, 좋습니다. 여러분."

크리스틴이 말했다.

"상황이 어떻게 진행되는지 설명 드릴게요. 신랑 들러리와 신부 들러리는 먼저 잔디밭 쪽에 서시면 됩니다. 이쪽에서부터 의자가 놓일 거고요."

그녀가 통로를 걸어가면서 잔디밭 가장자리를 손으로 가리켰다.

"이대로 해변까지 이어집니다. 대략 350석 정도인데 이곳에 난 장식 두 개가 놓일 거고 이곳을 살짝 지나쳐서까지 좌석이 깔릴 거예요.

바로 이 지점이죠."

크리스틴이 헨리와 세라에게 다가가 그들을 해당 지점에 세웠다.

"자, 그럼 제일 먼저 등장하실 들러리 분은 어디 계신가요?"

줄리아가 앞으로 나오자 이어 맥스와 윌이 뒤따라 나왔다.

맥스는 윌을 향해 혀를 끌끌 차며 줄리아의 팔을 잡았다.

"이 사랑스러운 여성은 내 파트너야, 친구."

"하지만 난…."

윌이 주위를 살피며 물었다.

"내 신부 들러리는 어디 있어?"

"여기 있어요, 멋쟁이."

윌의 뒤쪽에서 네 번째 신부 들러리이자 세라의 조수인 조지가 앞으로 나와 윌의 팔짱을 꼈다.

"지금 농담하는 거지?"

윌은 말이 끝나기가 무섭게 화들짝 놀라며 비명을 질렀다. 지나가던 클로에의 고모 한 분이 윌의 엉덩이를 꼬집었기 때문이다.

"정신 바짝 차려요."

맥스가 조지에게 말했다.

"여차하면 저 두 분이 당신을 납치해 갈지 모르니까."

"아, 그건 정말 싫은데."

조지는 고모들이 지나간 자리를 향해 말했다.

"저 연하 킬러분들은 가발에나 더 신경을 쓰셔야 할 것 같은데. 왕성깔쟁이와 얼음 공주가 내일 결혼을 하면 섬너는 이제 내 거니까 말이야."

"내 거이기도 해요."

미나가 이렇게 말하며 윌의 반대쪽 팔짱을 꼈다.

"이 행운의 사나이는 우리 두 사람 거예요."

조지가 몸을 구부려 미나에게 미소를 지었다.

"적합하지 않은 행동이라도 할 자신이 있어요?"

미나가 윙크하며 말했다.

"언제든 그럴 수 있죠."

클로에가 크리스틴을 쳐다보았다.

"저기 바를 열면 어때요? 통로 끝자락에 말이에요. 날 위해서 좀 부탁해도 될까요?"

"지금 무슨 일이 벌어지고 있는 거야?"

윌이 우리를 번갈아보더니 다시 고모들이 지나간 자리를 쳐다보았다.

"내가 지금 취한 거야? 한나, 두 분이 내 엉덩이를 꼬집었어. 그리고 이 사람은…."

윌은 조지를 가리키며 말했다.

"나더러 자기 파트너를 해달래. 어쩌면 좋지?"

한나는 핑크색 우산과 야광 빨대가 꽂혀 있는 칵테일을 한 모금 들이켰다.

"글쎄요, 당신은 거기서 잘 하고 있는 것 같은데요 뭘."

그녀가 이렇게 말하고는 다시금 길게 칵테일을 빨아들였다. 한나는 술을 그다지 좋아하지 않았다. 지금 리조트에 있는 모든 사람들이 그녀가 한 시간이 채 되지 않아서 모래사장에서 곯아떨어질 것이라고 확신했다.

"세상에 이럴 수가. 다들 제정신이 아닌 거야 아니면 내가 이상한 소리를 하는 거야?"

윌이 웅얼거리더니 조지의 팔을 잡고 자신을 향해 끌어당겼다.

"그리고 리드하려고 하지 마."

그는 조지에게 이렇게 말하고는 다른 쪽 팔짱을 미나에게 내밀었다.

"이제 정리가 된 것 같네요."

크리스틴이 안도의 한숨을 내쉬었다.

"모두 줄을 맞춰 서볼게요."

하객들이 각자의 자리에 조용히 서서 집중했다.

"네, 아주 좋습니다. 신부님, 이쪽으로 오세요. 신부님 아버님은 어디 계시죠?"

장인어른이 앞으로 나와 클로에 옆에 서고 우리는 계속 리허설을 이어갔다. 내가 해야 하는 일은 어머니를 자리에 모셔다 드리는 것뿐이었다. 리허설이 준비는 아주 복잡한 데다가 클로에가 가슴을 너무 부각시킨 드레스를 입은 모습을 보는 게 힘들었다.

내 신부가 마침내 목사님 앞에서 나와 내 손을 잡았다. 백발이 성성한 목사님은 노망이 든 것 같은 멍한 푸른 눈동자로 주례사를 읽으려고 잔뜩 인상을 찌푸리고 있었다.

클로에는 평소와는 달리 목사님의 주례사에 아무 말 없이 간간히 고개를 끄덕일 뿐이었다. 그런 모습이 단순히 결혼 전 신경쇠약증에 걸린 신부의 모습이라고 하기에는 과한 측면이 있어 한편으로 걱정이 되기 시작했다. 리허설이 끝나는 대로 그녀를 데리고 나가야겠다고 마음먹는 찰나 제임스 마스터스 목사님이 말씀하셨다.

"이것으로 남성과 아내, 두 베넷은…."

나는 클로에가 고개를 들고 무언가를 잘못 들었다는 듯 미간을 찌푸리는 것을 보았다.

"방금 뭐라고 하셨어요?"

그녀가 그냥 넘어가지 않겠다는 듯 이렇게 물었을 때 나는 생각했다. '맞아, 저 불같은 성격, 저게 바로 아침에 맥스가 말한 그녀의 모습이야.'

목사님의 말이 그녀를 화나게 한 게 분명하다. '오, 이런.'

"지금 어떻게 말씀하셨나요, 목사님?"

목사님은 손가락으로 주례사에 적힌 말들을 더듬더듬 확인으며 무엇 때문에 발끈한 반응을 일으켰는지, 혹시 자신이 건너뛰었거나 잘못 발음한 것이 있는지 알아보려고 애썼다.

"지금 남성과 아내라고 하셨나요?"

클로에가 다시금 물었다.

“그러니까 남성은 그대로 남지만 저는 지금부터 그에게 소속된 무언가로 언급되는군요. 제 정체성과 존재는 사라지고 누군가의 아내가 되는 건가요?”

사람들의 웅성거림 위로 맥스의 목소리가 들렸다.

“비가 오려는 것 같지 않아요?”

목사님이 몸을 앞으로 구부려 나와 마주잡은 그녀의 손등을 팔을 토닥이며 아버지 같은 자상한 미소를 지었다.

“그 심정 이해합니다….”

목사님은 거들어달라는 듯 날 쳐다보며 말했다.

“이것이 자네가 요구한 주례사 아닌가, 베넷?”

그 말에 클로에가 이글거리는 눈동자로 날 쳐다보며 물었다.

“뭐라고요?”

“클로에.”

나는 그녀의 손을 꽉 잡았다.

“당신의 뜻이 무엇인지 이해했으니까 이 부분은 고칠게. 목사님께서 주례사로 선호하는 것이 있냐고 묻기에 난 단지….”

그녀는 한 걸음 뒤로 물러서더니 자신이 방금 소리가 믿기지 않는다는 듯 고개를 절래절래 흔들었다.

“당신이?!”

클로에는 엄청나게 민감한 반응을 보이며 내게 소리쳤다. 나는 그녀의 한마디 말에 담긴 엄청난 분노와 경멸이 느껴져 조금 놀랐다.

"당신이 저 원고를 줬어요? 이게 당신이 선택한 결혼 서약이에요?"

"딱 꼬집어 저 원고를 고른 것은 아니야."

나는 살짝 겁에 질려 대답했지만 극도로 흥분해서 들썩거리는 그녀의 가슴을 보니 조금 몸이 달아오르기도 했다.

"하지만 저 부분은…."

"나한테 아무것도 설명할 필요가 없어요. 목사님은 태초부터 내려오던 가부장적인 글귀를 그대로 읽은 것뿐이니까요. 바로 당신이 고른 그 버전 말이에요. 나도 교회에 다녀봤어요, 베넷. '아내들이여 자기 남편에게 복종하라?' 흥, 웃기지 말라고 해요. 난 잘난 당신 시중이나 들려고 대학을 가고 대학원을 졸업하고 인턴을 한 것이 아니에요. 그렇게 나를 몽땅 잃어버린 채 누군가의 아내로만 살고 싶지 않고요. 그리고 한 가지 더."

그녀는 괜히 움찔했다가 클로에의 분노라도 사게 될까 봐 전전긍긍하며 그 자리에 얼어붙은 채 크리스틴을 빤히 바라보았다.

"무슨 세탁소가 수천 달러를 호가하는 드레스와 턱시도를 남자애 스포츠 가방에 넣어두었던 것처럼 꼬질꼬질하게 배달할 수 있어요?"

나는 흥분, 욕망, 분노와 스릴이 느껴져 눈앞이 흐려졌다.

"잘난 당신이라니, 무슨 말이 그래? 화가 나는 대로 성질만 부리지 말고 그 성격 좀 고치려고 노력했으면 너랑 함께 있는 것이 지금보다 훨씬 즐거웠을 거라고!"

"뭐라고요! 그깟 커피랑 초콜릿 심부름이나 시키면서 내 젖꼭지를 흘끔거리는 걸 모른 척하는 게 즐거운 일인가요?

"내 눈앞에 얼쩡거리지 않았다면 당신 젖꼭지를 쳐다볼 일도 없었을 거야."

"당신이 온갖 잡일로 날 부려먹지 않았으면 내 젖꼭지가 당신 눈앞에 얼씬거리지도 않았겠죠. '밀스 양, 이 문서들을 오래된 순이 아닌 최신 날짜순으로 정리해줘. 밀스 양, 의자 근처에 볼펜을 떨어뜨린 것 같은데 상체를 내 앞으로 구부려서 좀 주워줘. 왜냐면 난 잘난 변태기 때문이야!'"

"마지막 그 말은 한 적이 없잖아!"

나는 소리쳤다.

그녀는 내 앞으로 바짝 다가와 가슴으로 내 가슴을 누르며 이글거리는 눈동자로 나를 똑바로 쳐다보았다.

"하지만 당신은 그렇게 생각했잖아요."

젠장, 내가 그렇게 생각한 것은 맞다.

"난 당신을 해고할까 750번도 정도 생각했어. 내가 본능에 따르지 않은 것이 올바른 선택이길 바라."

"당신은 정말 자기 잘난 맛에 사는 멍청이예요."

그녀가 으르렁거렸다.

"그리고 당신은 여전히 남자를 못 잡아먹어서 안달난 여자고!"

내가 소리쳤다. 세상에, 이것이 바로 내게 필요한 익숙하고 좋은 기분이었다. 그녀를 밀치고 모래사장에 눕힌 뒤 옷을 찢고 피부를 물어 내 자국을 남기고 싶었다.

내가 클로에의 머리카락을 잡자 그녀는 내 손을 뿌리치고 내 셔츠 깃을 잡아당겨 나에게 키스했다. 그렇게 오랫동안 우리는 상당히 부적절한 장소에서 진한 키스를 나누고 서로의 몸을 더듬었다. 하객들의 야유와 사회자가 양해를 구하는 말들은 한참이 지난 후에 알아차렸다.

"오, 이럴 수가."

누군가가 그렇게 말했다.

"제 생각에는… 신랑 신부가 지난 몇 주간 엄청나게 스트레스가 쌓였나봐요."

어머니가 얼버무리는 소리가 들렸다.

"세상에, 이런 민망한 광경이."

또 다른 누군가가 말했다.

"두 사람이 여기서 섹스를 하려는 건 아니겠죠, 설마…?"

그 목소리는 분명 조지였다.

"오늘 누가 불렀어?"

헨리가 물었다.

"월? 너야?"

그때 클로에는 날 바닥에 눕히고 내 무릎 위로 올라타기 시작했다.

"자, 좋습니다!"

아버지의 목소리가 들려와 나는 무릎을 펴고 클로에의 머리카락에서 손을 뗐다. 그리고 그녀도 내 벨트로 올라간 손을 거두었다.

"오늘은 여기서 마무리하면 되겠군요. 그렇죠, 크리스틴? 차들은 앞쪽에 주차시켜요. 자, 이제 리허설 디너를 즐길 시간입니다. 여러분 모두 이동합시다!"

5

피부가 뜨겁게 달아오르는 것이 느껴졌다. 베넷은 리무진 옆자리에 앉아서 평상시처럼 스마트폰으로 이메일을 체크하고 있었다. 목사님 앞에서 베넷 위에 올라타고 섹스를 하려다 웨딩 리허설을 난장판으로 만들어버렸다. 나는 객실로 올라가 드레스를 갈아입고 얼굴에 물을 끼얹은 다음 몇 분 동안 정신을 추스르고 내려왔다. 그렇지만 나란히 차에 앉아 있으니 그에게 또 고함을 지르고 싶은 생각이 들었다. 또다시 정신을 쏙 빼놓는 싸움을 하고 싶었다. 하지만 불행히도 싸움은 곧 섹스를 의미했고 우리 두 사람 모두 바보 같은 금욕 원칙을 지키기로 합의하지 않았던가.

우리는 조용히 입을 다물고 악몽 같은 결혼 리허설에 대해 생각하느라 어색한 기류가 감돌았다.

베넷이 헛기침을 하더니 날 쳐다보지도 않고 물었다.

"약 가져왔어?"

나는 그를 바라보며 스마트폰을 잡고 있는 손을 때렸다. 그는 손을 맞자 폰을 주머니에 집어넣었다.

"방금 뭐라고 했어요?"

"피임약 말이야."

그가 힘주어 말했다.

"가. 져. 왔. 냐. 고."

몸속 혈관에서 뜨거운 기운과 서늘한 기운이 동시에 교차해 온몸이 부글거리는 게 느껴졌다. 그를 향해 몸을 돌리며 물었다.

"지금 뭐하자는 거예요?"

"내가 농담하는 것처럼 보여?"

"잘난 베넷 라이언의 체크리스트가 아니라도 10년째 피임약을 먹고 있고 지난 일 년 반 동안 절반은 출장 때문에 항상 챙겼는데 지금 내가 얼마나 책임감이 있는지를 눈으로 확인하겠다는 건가요?"

그가 눈을 깜박이더니 주머니에서 다시 스마트폰을 꺼냈다.

"간단하게 '네' 혹은 '아니오'로만 대답해."

"'지랄하기는'은 어때요?"

그가 날 향해 고개를 돌리더니 아주 조용히 말했다.

"그 말은 상당히 화난 사람처럼 들려, 밀스 양."

가슴이 쿵 하고 내려앉다 못해 허벅지까지 흘러내리는 것 같았다. 그가 분명 의도적으로 날 시험하고 있는 것이다. 겉으로는 침착해 보이지만 베넷 역시 나만큼이나 흥분한 상태일 것이다. 나는 자리에서 몸을 들썩이며 씩씩거렸다.

"뭐든 통제하려고 하는 나쁜 놈."

"성질 더러운 여자 같으니라고."

나는 그를 향해 몸을 구부리고 말 하나하나에 힘을 실어 집게손가락으로 그의 가슴을 눌렀다.

"당신은 고압적이고 남을 지배하려드는 폭군에 괴짜야."

그 말과 동시에 내가 리무진 바닥에 내동댕이쳐졌다. 나도 모르게 비명이 새어 나왔다. 베넷이 내 몸 위로 올라탔고 한동안 방치되었던 두 다리 사이로 페니스가 느껴졌다. 그는 내 치맛자락을 엉덩이 위로 들추고는 강하게 올라탔다. 그리고 강제로 내 입술을 벌리고 혀를 밀어 넣어 이리저리 움직였다. 나는 혀를 타고 목젖까지 내려가는 그의 신음 소리를 느꼈다. 입, 손, 생식기가 절실하게 채워지기를 기다렸다. 몸 전체가 그를 원하고 있었다

내가 그의 머리카락을 세게 잡아당기자 베넷이 신음하며 한 손으로 내 손목을 붙잡아 팔을 내 머리에 올려놓고 다른 손으로는 애무를 계속했다.

그가 사나운 손길로 두어 번 움직이니 내 팬티가 곧장 찢어져버렸다. 그가 만져줄 거라 기대하지도 않았는데 난 왜 이런 야한 팬

티를 입고 있었을까? 그 역시 페니스를 꺼내 날 향해 조준했다.

"부탁이에요."

나는 그의 엉덩이에 양손을 올리고 섹스를 주도할 수 있도록 내 손을 놓아 달라고 애원했다.

"섹스를 해달라는 부탁이야?"

그가 내 턱과 목을 핥으며 물었다.

"오르가슴을 느끼게 해달라는 부탁이야?"

"맞아요."

그의 입술이 내 목을 핥고 희롱했다.

"지금 당신은 그걸 받을 자격이 없어. 난 그냥…."

그의 콧날이 번뜩거렸다. 날 내려다보며 천천히 말했다.

"내가 원하는 건…."

"신랑 신부가 도착했습니다!"

어디선가 낯익은 목소리가 들렸다.

우리는 리무진이 모퉁이에 멈춰선 것을 알지 못했다. 바로 그때 문이 활짝 열렸고 매스가 미소를 지으며 서 있다가 우리를 보고는 당황해 얼른 문을 닫았다. 차문 밖에서 그가 이렇게 외치는 소리를 들렸다.

"행복한 두 사람이 이야기를 마무리할 시간이 조금 더 필요한 것 같군요!"

베넷은 날 일으켜 세운 다음 날카로운 눈빛으로 노려보면서 바지를 올리고 셔츠를 밀어 넣었다. 나도 자리에 앉아 치마를 내리고 찢어진 내 팬티를 챙겼다.

난 화가 나서 그를 향해 팬티를 던졌다.

"진지하게 말하는데 하루라도 그 페티시 좀 자제할 수 없어요?"

그가 고개를 저으며 의자에 떨어진 팬티를 주워서 재킷 안주머니에 넣었다.

나는 콤팩트로 머리와 화장을 다듬었고 그러는 사이 베넷은 몸을 구부리고 팔꿈치를 무릎 위에 올리고는 머리를 정리했다.

"제기랄!"

그가 탄식했다.

"이건 당신이 정한 바보 같은 규칙이잖아요."

"이건 훌륭한 규칙이야."

"나도 처음에는 그렇게 생각했어요."

내가 한탄했다.

"하지만 지금은 모르겠어요. 당신이 우리 둘 다 금욕주의자로 만들었어요."

우리는 거의 동시에 아주 길게 한숨을 내쉬었다. 난 문에 기대고 손잡이를 잡은 채로 베넷을 쳐다보았다.

"준비 되었어요?"

내가 물었다.

그가 머리매무새를 다듬고 날 쳐다보았다. 내 머리와 얼굴을 꼼

꼼히 살피던 눈길이 가슴과 다리로 내려갔다가 다시 올라왔다.

"거의 다 되었어."

그가 가까이 다가오더니 손으로 내 얼굴을 감싸 쥐고는 입술에 키스했다. 그는 내 아랫입술을 물고 빨아 당겼다. 그가 눈을 감지 않은 상태로 뚫어지게 쳐다볼 때 단호하고 차갑던 눈빛이 따뜻하고 사랑스럽게 바뀌었다. 베넷은 내 입술을 놔주며 같은 말을 되뇌었다.

"거의 다 되었어."

그러고는 내 턱과 목에 입을 맞추고 다시 한 번 입술에 진하게 키스했다.

그는 못되게 군것을 사과하고 있었다. 나는 그를 받아들이는 것으로 사과를 받아들였다.

* * *

빌리 히이 레스토랑은 호텔 델 온 코로나도에서 몇 킬로미터 떨어져 있지만 베넷이 샌디에이고에서 가장 좋아하는 곳이다. 셸터 섬 북쪽 끝자락에 위치한 이 레스토랑은 코로나도와 항구가 한눈에 들어오는 멋진 경관을 자랑한다. 환태평양 폴리네시아 양식을 연상시키는 인테리어가 인상적인 2층 건물로 위층이 레스토랑이고 넓은 1층은 행사용 공간으로 활용된다.

리무진 문을 열고 지금은 텅 빈(분명 맥스가 손님들에게 식당 안에서 맞이하자고 설득했을 것이다)모퉁이로 나오자 갑자기 기분이 들떠 절로 미소가 지어졌다. 이곳 레스토랑의 메뉴를 비롯해 마이타이주가 아주 괜찮다는 이야기를 들었고 사진으로 미리 확인했지만 직접 와보기는 처음이었다. 베넷이 날 위해 이곳에서 저녁 식사를 예약했고 나는 그를 위해 허니문을 준비했다. 우리는 1층 전체를 빌렸는데 이미 야외 데크에서는 파티가 진행되고 있었다. 항구가 내려다보이는 곳에 바가 세워졌고 실내에 있는 또 다른 바텐더 역시 칵테일을 만드느라 분주한 모습이었다. 웨이터들이 애피타이저를 들고 하객들 사이를 오고 갔고 모든 하객과 가족들은 결혼식 전날에 이곳에서 저녁 식사를 할 것이다. 실내로 들어서자 손님들이 일제히 우리를 반겨주었다.

정말 행복한 순간이었다…. 이 모든 사람들이 다 가족과 가까운 친구라니. 베넷은 어색하게 웃으며 모두에게 일일이 감사를 전했다. 나도 엄청 쑥스러웠지만 그를 탓할 수 없었다. 베넷이 리무진 바닥에 날 눕히고 손을 결박한 채 내 안으로 삽입하려고 했던 광경을 얼마나 많은 사람들이 보았을까?

적어도 오늘 모인 손님들은 모두 가족과 하객들이다. 그들은 도의상 아무것도 못 본 척할 의무가 있었다.

환영의 건배가 이어진 다음 갑작스런 침묵을 깨고 주디스 고모가 특유의 목소리로 이렇게 소리쳤다.

"내가 스무 살이었으면 신랑이랑 한 번 했을 텐데."

웅성거리는 소리와 불편한 웃음소리가 주변에서 새어 나왔지만 고모는 모든 사람이 다 들리게 신랑을 언어로 성추행해놓고서도 전혀 당황한 기색이 없었다. 그녀는 어깨를 으쓱거리며 말을 이었다.

"뭐가 어때서? 당연히 그랬을 거라고요. 내가 무슨 말 하는지 모르는 척 좀 하지 말아요. 난 그냥 우리 클로에가 뭔가 비장의 무기가 있어야 할 거라는 말을 하는 거예요."

"우리 신랑 팔뚝에 새겨진 제 얼굴 문신이 안 보이나봐요."

나는 이렇게 속삭이며 베넷을 향해 다정하게 미소를 지었다.

그는 인상을 쓰더니 날 식당 안쪽에 있는 바 앞으로 데려갔다.

"마이타이는 아주 독해."

그가 내게 주의를 주고는 바에 몸을 기대고 자신의 술도 한 잔 주문했다.

"그러니까 완전 독한 술이란 말이지."

"아주 나쁜 술인 것처럼 이야기하는군요."

나는 그에게 몸을 기대고 팔짱을 꼈다. 그리고 바텐더에게 상냥한 얼굴로 말했다.

"저도 같은 걸로 주세요."

"이번 주는 여기저기 다닐 일이 너무 많았어."

뒤쪽에서 베넷의 큰아버지인 라일이 걸어왔다.

"이제 어디 가지 말고 한 곳에 좀 있으면 안 될까."

나는 베넷을 쳐다보며 무슨 터무니없는 소리냐는 표정을 지었다. 우리는 베넷의 친척 모두가 델 호텔에 머물 수 있도록 비용을 지불했고 개인별로 차량도 렌트해주었다. 베넷이 내 팔을 꽉 잡으며 참으라는 신호를 보냈다. '우리 가족은 유별나잖아.'

베넷이 헛기침을 하며 이렇게 말했다.

"꼭 봐야 할 아름다운 풍경이 너무 많잖아요, 큰아버지. 그런 곳을 놓치면 섭섭하죠."

불이 손에 버드 라이트 캔을 들고 우리에게 다가왔다.

"난 이번 주에 어디를 가야 할지 알고 있어."

그가 윙크를 하더니 나를 향해 손가락 방아쇠를 당기며 탕탕하는 소리를 냈다.

"바로 그녀에게지."

"말 좀 가려서 해."

베넷이 불에게 냉담하게 말했다.

"체면을 좀 지켜, 불."

불은 고개를 저으며 텅 빈 댄스 플로어로 걸어갔다. 아직 식사 전이라 디제이는 상대적으로 조용한 음악을 틀었다. 식사가 끝나야 진짜 파티가 시작되지만 불에게는 크게 문제가 되지 않아 보였다. 그는 문 워크로 댄스 플로어로 나가더니 부드럽게 스텝을 밟으며 빙빙 돌았고 눈이 마주치는 모든 여성들에게 나오라고 손짓했다.

“전 이번 주에 한가한 종마랍니다, 여성 여러분. 누가 제일 먼저 올라타실래요?”

대부분이 고개를 돌리고 술을 마시거나 대화를 이어갔고 혹은 천장을 쳐다보았다.

나는 마이타이를 받아 한입 마시고는 심하게 기침을 했다.

“세상에, 당신 말이 사실이었어요.”

숨쉬기가 힘이 들어 쌕쌕거리자 베넷이 등을 쓸어내려주었다.

“이건 정말 독하군요.”

“오, 클로에, 약한 모습을 보이지마.”

조지가 다가와 날 엉덩이로 툭 쳤다.

“당신 그 정도는 거뜬하잖아.”

“당신보다는 거뜬하죠.”

나는 그를 쳐다보며 대답했다. 조지는 정장을 벗고 드레시한 청바지에 검은색 다이아몬드가 현란하게 박혀 있는 타이트한 흰색 버튼다운셔츠로 갈아입었다. 그는 아주 근사해 보였다. 하지만 윌 말고는 조지가 오늘 밤 어울릴 만한 상대는 아무도 없다고 생각하니 그가 측은하게 느껴졌다. 윌은 이미 주디스와 메리 고모에게 시달려 조금 지친 기색이었다. 그는 자포자기한 듯 고모들의 얼토당토않은 행동을 순순히 받아들였다. 한나는 고모들이 주는 딸기를 받아 먹고 있는 윌을 쳐다보며 웃었다. 아마도 조지가 윌과 어울릴 수 있는 기회는 전혀 없을 것이다.

"베넷의 사촌이 댄스 파트너를 찾고 있는 것 같은데. 불에게 올라타보지 그래요?"

조지는 혼자 춤을 추면서 누군가를 유혹하려고 애를 쓰고 있는 불을 뚫어지게 쳐다보았다.

"저 남자가 이번 주에 내가 즐길 수 있는 유일한 상대라고? 저지 쇼어(남녀 연애를 소재로 한 미국의 리얼리티 프로그램-옮긴이)대표 같은 저 인간이랑?"

"슬프지만 그런 것 같군요."

내가 말했다.

"윌을 더 골탕 먹일 생각이 아니라면요. 그를 노리는 고모들도 있고 내가 듣기론 한나도 이번 주에 그를 아주 박살낼 거라고 하던데."

조지가 내 술을 받아 몇 모금 들이키고는 움찔하더니 반만 남은 잔을 다시 건넸다.

"젠장, 엄청 독한데."

"진짜 독한 건 이거야."

큰아버지 라일이 자신의 술잔을 가리키며 말했다.

"내가 해군 시절에 즐겨 마셨던 술과는 상대도 안 되지."

조지의 입가에 살짝 미소가 잡혔다.

"해군이라면 무엇이든 다 좋아요."

"총각 항해사가 좋다는 거겠지."

베넷이 이렇게 말하며 술을 들이켰다. 그는 한 손으로 내 등을 쓰다듬다가 엉덩이에 손을 댔다.

라일은 아랑곳하지 않고 말을 이었다.

"그 술들은… 한 번 마시고 나면 휘발유가 물처럼 느껴질 정도라니까. 그리고 후배위는 우리를 흥분하게 하지, 세상에."

내 옆에서 베넷이 안절부절못하며 조용히 탄식했다. 큰아버지는 고개를 끄덕이며 날 가리켰다.

"난 괜찮은 여자가 있나 좀 찾아봐야겠어, 거절당할 수도 있겠지만 그런 건 중요하지 않아."

그는 실내를 이리저리 살피더니 우리 시부모님을 향해 환영한다는 듯 잔을 들어올렸다.

"술이 날 그렇게 만드는데 어쩌겠어?"

나는 손으로 입을 막아 흘러나오는 웃음을 참으려고 애썼다.

"글쎄요, 전 잘 모르겠어요, 큰아버지."

베넷이 조용히 대답했다.

"매춘부를 만나시겠다는 이야기를 하면서 제 약혼녀를 가리키시면 곤란합니다."

"저라면 그렇게는 안 하겠어요."

조지도 동의했다.

그 말에 큰아버지가 우리를 돌아보았다.

"주말에는 시나몬 스틱을 꽂아둬, 결혼 기념으로. 여전히 불 같은 맛이야."

"시나몬 불이죠."

내가 옆에서 거들었다.

"술을 말하는 거예요, 아님 매춘을 말하는 거예요?"

조지가 눈썹을 한 일자로 붙이며 물었다.

그 말에 큰아버지는 정색했다.

"술 말이야."

"양쪽 다 가능하죠."

내가 조지에게 말했다.

"시나몬 스틱이 있을 때와 없을 때 여성은 어떤 맛인지 난 모르니까. 그 뜻이야."

조지가 내게 속삭이듯 말했다.

"아마도 중요한 거겠지."

"내 선원이었던 아이 하나가."

큰아버지가 기억을 더듬으며 이야기를 꺼냈다.

"그 아이 이름이 뭐였더라?"

그는 술을 한 모금 마시고 눈을 감더니 갑자기 눈을 크게 떴다.

"빌, 맞아. 빌이었어. 내 얘기 좀 들어봐. 그 아이는 아주 남달랐지. 어느 날 그 애가 후배위를 하고 나서 여자 속옷을 입고 나타났어. 세상에 그 애는 그날 밤 막사를 계속 뛰어다녔어."

우리 모두는 잠자코 서서 얼마간 이 이야기를 이해하려고 노력했고 마침내 조지가 말했다.

"말했잖아요. 해군은 제 취향이라고."

갑자기 큰 소리가 나서 우리 모두 소리가 나는 쪽을 돌아보았다. 맞은편에서 윌이 양손으로 엉덩이를 감싸며 '혼 좀 나 봐라' 하는 특유의 섹시한 표정으로 메리 고모를 향해 다가가고 있었다. 메리 고모는 불쌍하게 뉘우치는 척을 하며 입을 막았다.

조지가 날 쳐다보며 말했다.

"내 장난감을 다른 사람이 놀려먹고 있는 것을 보며 질투해야 할까?"

"당연하지."

베넷이 담담하게 말했다.

"클로에 고모가 아직 그에게 올라타지 않은 것이 놀랍기만 해."

"글쎄, 그렇다면 내가 가서 한번 게이가 되면 절대 취향을 바꿀 수 없는 거라고 말해줘야겠군. 손이 얼마나 많은 일을 할 수 있는지 얘기해주면 흥미를 보일 거야."

조지가 내 얼굴에 대고 손가락을 흔들었다.

큰아버지가 술을 마시다 약간 놀란 표정으로 조지를 쳐다보았다.

"키보드 칠 때 말하는 거예요. 손으로 치잖아요."

조지가 이렇게 말하며 내게 윙크하더니 댄스 플로어로 나갔다.

* * *

항구가 바라다보이는 테라스에서 서서 베넷과 그의 먼 사촌들과 이야기를 나누었다. 그날 그들을 처음 보았는데 베넷 역시 아주 오랜만에 그들을 본 것이라고 했다. 매우 상냥한 사람들이었다. 이번 주에 나눴던 가장 편안한 대화였다.

"거기 날씨는 어때요?"

"내일은 뭘 할 생각이에요?"

"베넷을 마지막으로 본 게 언제예요?"

이야기를 나누는 동안 베넷은 마치 벌을 주려는 듯 내 허리를 움켜쥐었다.

그의 거친 손길이 날 화나고 흥분하게 만들었다. 그래서 조심스럽게 손톱으로 그의 손등을 찔렀다. 그러자 베넷이 내 옆구리를 더 세게 움켜쥐었고 나도 더 세게 손톱자국을 냈다. 베넷은 작게 비명을 지르더니 허리를 잡은 손을 풀고 날 노려보았다.

"젠장, 클로에."

나는 이 작은 전투에서 승리한 것이 기뻐 그를 향해 달콤한 미소를 지었다. 이내 맥스의 커다란 손이 내 어깨 위로 올라왔다. 맥스는 베넷과 나 사이에 몸을 구부리며 눈이 휘둥그레진 사촌들을 향해 말했다.

"두 사람은 신경 쓰지 마세요. 이런 식으로 애정 표현을 하고 놀거든요."

디제이가 저녁 식사가 준비되었다고 알려주었고 우리 모두는 자리에 가서 앉았다. 베넷과 나는 연회장 가장 앞자리에 착석했고 옆으로는 부모님과 그 뒤로는 하객들이 자리를 채웠다.

베넷의 손길이 닿지 않는 옆구리가 시큰거렸다. 아니 그보다는 춥고 허한 느낌이 들었다. 그는 내가 간절히 원하는 유일한 남자였다. 그를 화나게 만들어 이성을 잃게 한 다음 나에게 덤비는 모습을 보는 건 너무나 짜릿한 일이었다.

시아버지와 우리 아버지가 자리에서 일어나 연회장 앞으로 걸어 나왔다. 시아버지가 디제이에게 미소를 지어보인 뒤 마이크를 잡았다.

"제 막내아들 베넷은 평생 스스로를 억제하며 아슬아슬하게 살아왔습니다. 클로에가 우리 삶으로 다가왔을 무렵 베넷은 여전히 프랑스에 있었어요. 당시 저는 클로에가 우리 아들에게 안정감을 찾아줄 것이라고 전혀 예상하지 못했습니다."

낮은 웃음소리와 동의한다는 뜻이 담긴 웅성거림이 연회장을 가득 채웠다.

"지금 한 말을 네가 기억해주었으면 좋겠구나, 아가야."

시아버지가 나를 쳐다보았다.

"널 알아가는 일이 참으로 힘들었고 네가 어떤 식으로든 우리와 엮이지 않게 되기를 바랐어. 하지만 내가 어떻게 할 수 있는 문제가 아니었단다. 운명이 자연스럽게 다가온 거지. 너희 두 사람을 보니 이제 수잔과 나는 행복하구나. 헨리와 미나를 보아도 같은 기분이란다. 너희 두 사람이 함께 있는 걸 보니 세상이 드디어 제자리를 찾는 것 같은 느낌이 들어."

시아버지가 우리 아버지에게 마이크를 넘겼다. 마이크에서 끽 하는 쇳소리가 나 모두가 움찔했다. 아버지는 떨리는 목소리로 사과를 한 다음 목청을 가다듬었다.

"클로에는 제 유일한 자식이고 애 엄마와는 몇 년 전에 사별했습니다. 전 이 자리에 우리 부부를 대표해서 나왔습니다만 이런 좋은 일을 겪어보는 것이 처음이라 떨립니다. 제가 하고 싶은 말은 이것뿐입니다. 네가 자랑스럽구나, 얘야. 널 감당할 수 있는 상대이자 널 감당하고 싶어 하는 짝을 만났으니 말이다. 그리고 베넷, 자네가 내 딸을 바라보는 모습이 보기 좋네. 자네 모습을 보는 것이 좋고 자네를 아들이라 부르게 되어 기쁘다네."

시아버지는 우리 아버지가 점점 감정에 북받치는 것을 눈치채고는 아버지의 떨리는 손에서 마이크를 건네받았다.

"두 사람의 성장기를 슬라이드 쇼로 준비했습니다. 저녁 식사를 즐기시는 동안 천천히 감상해보세요. 그럼 좋은 분들과 식사 맛있게 하시기 바랍니다."

모두가 박수를 쳤고 이내 우리의 아기 사진부터 어릴 적, 십 대의 모습이 차례로 나오자 하객들은 탄성을 질렀다. 어머니의 품에 안겨 아버지에게 떼를 쓰는 내 사진을 보니 미소가 절로 나왔다. 그 모습이 너무 바보 같았다. 베넷은 사진 한 장 한 장이 다 멋지고 깔끔했고 심지어 십 대 시절에도 굴욕 사진 하나 없었다.

"한 번이라도 망가졌었던 때가 있긴 해요?"

난 분해 씩씩거렸다. 내 사진이 스크린에 등장하자 사람들이 웃음을 터트렸다. 내 평생 최악의 머리 스타일을 했을 때였다. 삐죽거리는 앞머리, 옆과 뒤쪽이 점점 길어지는 남자 같은 머리에 마치 열차를 집어 삼킨 사람처럼 커다란 교정기까지 하고 있었다.

"기다려봐."

베넷이 웅얼거렸다.

그 말이 끝나기가 무섭게 베넷이 졸업장 같은 것을 들고 있는 사진이 나왔다. 분명 꽤 별로인 사진이긴 했다. 바지가 너무 짧았고 머리는 길고 헝클어진 데다 바보처럼 웃고 있을 때 찍힌 것이었다. 분명 멋지진 않았지만 그렇다고 망가진 것도 아니었다.

"정말 밉상이군요."

그러자 그가 내 이마에 입을 맞췄다.

"당연하지."

최근 찍은 사진이 등장하고 슬라이드 쇼가 멈췄다. 시어머니가 거실 벽에 걸어두었던 액자 속 사진이었다. 베넷이 내 뒤에서 팔을 두르고서 몸을 구부려 귓가에 뭐라고 속삭였고 나는 웃고 있는 모습이었다. 나는 감사한 마음이 들어 자리에서 일어나 시부모님의 빰에 입을 맞추고 따뜻하게 포옹을 했다.

슬라이드 쇼가 다시 이어지자 사람들이 와인을 마셨고 웨이터들이 분주히 잔을 채웠다. 잠깐 긴장을 풀고 하객들을 둘러보았다. 맥스가 세라의 빰에 키스를 하고 세라는 뭐라고 말하고 있었다. 먼 쪽에 앉아 있는 윌은 한나에게 아몬드를 던졌고 그녀는 아몬드를 입으로 받아먹으려고 했지만 번번이 놓치고 있었다. 조지와 줄리아는 세척용 산이 인체에 미치는 영향에 대해 논쟁 중이었다. 베넷의 조카인 소피아는 헨리의 무릎 위에 앉아 있었고 시아버지가 시어머니에게 물을 따라주자 어머니는 날 쳐다보며 미소를 지었다. 우리의 모든 역사가 담긴 슬라이드 쇼를 보며 행복해하는 모습이 어머니의 눈동자에 고스란히 드러났다. 아들의 행복을 간절히 바라고 있었던 그들의 마음이 나에게도 전해졌다. 베넷은 테이블 아래로 손을 뻗어 내 무릎을 어루만지더니 치마 속으로 손을 넣었다.

나는 숨이 턱 막혀와 심장이 멈추는 것 같았다. 하지만 이내 미친 듯이 요동쳤다.

리허설을 아주 엉망으로 만들었던 터라 지금 이 순간까지 결혼식이 임박했다는 것을 실감하지 못하고 있었다.

난 내일 결혼한다.

베넷 라이언과.

화를 내며 섹스를 하다가 사랑하게 된 남자와.

내가 기억하기로는….

"밀스 양, 회의록에 맞춤법 실수를 줄인다면 내가 당신과 일하기가 훨씬 수월할 텐데요."

"라이언 씨, 회사에서 신입 과장급에게 커뮤니케이션 트레이닝 교육을 해준다고 해요. 제가 대신 등록해 드릴까요?"

"이 송장을 회계 부서에 제출하고 오세요. 왜요, 밀스 양? 어디가 회계 부서인지 알려줘야 되나요?"

나는 떨리는 손으로 물컵을 잡고 벌컥벌컥 들이켰다.

"괜찮아, 자기?"

베넷이 내 귀에 대고 속삭였다. 나는 정신없이 고개를 끄덕이며 최대한 침착한 미소를 지어 보이려고 애썼다. 분명 실성한 듯 보일 것이다. 이마에서 땀이 흘러 냅킨을 잡으려고 손을 뻗는데 그만 빵이 놓인 접시 위로 은식기가 떨어지면서 거슬리는 소리를 냈다. 베넷은 번개가 내리꽂히는 모습을 보기라도 한 듯 깜짝 놀라 날 쳐다보았다.

"마침내 체력을 회복한 모습을 보니 반갑군요, 밀스 양."

잘생긴 개자식.

"그리고 오늘 아침에 1시간 늦은 벌로 오후 6시 파파다키스 회계와 관련된 이사회에서 나 대신 프레젠테이션을 하세요."

그리고 또 기억나는 것은….

"오르가슴을 느끼게 해 달라고 말해봐요. '부탁해요'를 꼭 붙여야 해요, 밀스 양."

"제발 꺼지라고."

베넷은 차분한 손길로 내 목 뒤쪽을 어루만졌다. 나는 고개를 들어 그를 쳐다보며 눈을 깜박였다.

"사랑해요."

나는 심장을 연줄에 매달아 하늘로 띄어보내는 것 같은 기분이었다. 당장 그에게 올라타 날 가지라고 하고 싶은 마음이 굴뚝같았다.

"나도 사랑해."

그가 가까이 다가와 입술을 비볐다. 주위 사람들이 환호하며 야유를 보냈다. 하지만 그는 신경 쓰지 않고 조심스럽게 내 귀에 입을 맞추고 이렇게 속삭였다.

"지금 여기서 나한테 덤빌 생각은 하지 마. 이곳은 내 의지를 시험하는 장소가 아니니까."

나는 지금 게임을 하려는 것도 그를 유혹하려는 것도 아니라고 말하고 싶었지만 입이 떨어지지 않았다.

베넷이 미소를 짓더니 내 귀 뒤로 삐져나온 머리 한 가닥을 다정하게 넘겨주었다. 하지만 행동과는 반대로 날카롭게 말했다.

"아버지도 앉아 계신 이곳에서 날 놀리려고 든다면 내일 저녁에 다정한 섹스 대신 급하게 끝내버릴 거야. 결혼식 날에도 여전히 굶주리고 만족하지 못한 신부로 만들어주겠어."

베넷은 뒤로 물러나며 윙크를 하고는 빵이 들어 있는 바구니를 오른편에 앉아 있는 시아버지에게 건넸다.

언젠가 헨리가 회의실 바닥에 떨어진 내 블라우스 단추를 발견했고 베넷이 그게 정말로 내 것이냐며 놀리던 때가 기억났다. 블라우스를 찢은 당사자는 바로 베넷이었지만 그는 마치 아무 상관없는 사람인 양 행동했다. 나는 그의 행동에 상처를 받았고 분노했으며 그가 자신의 가족 앞에서 내 커리어를 망가뜨리려고 한 것 같아 두려움을 느꼈다.

하지만 실제로는 그렇지 않았다. 베넷은 나처럼 단순하고 어설퍼 어떻게든 관계를 이어보려고 노력했다. 당시 우리 두 사람 사이에 부정할 수 없는 기류가 흘렀던 건 하느님이 주신 은총과도 같았다.

나는 회의가 끝난 즉시 화가 나서 뛰쳐나갔다. 몇 달이 흐른 지금도 그때의 기억이 아주 생생하다. 엘리베이터 문이 닫히는 소리와 내 목에 닿던 그의 뜨거운 입김까지 고스란히.

"왜 갑자기 평소보다 더 화를 내는 거죠?"

그가 물었다.

"당신 아버지 앞에서 날 성공을 위해 수단과 방법을 가리지 않는 여자로 만들었으니까요."

"우리는 내일 결혼해요."

나는 숨을 내쉬며 말했다.

"맞죠?"

"맞아."

베넷이 내 손을 감싸며 너그러운 미소를 지어보였지만 난 고개를 저으며 그의 팔을 붙잡았다. 맥박이 마구 뛰어 올라 손바닥에 땀이 흥건해졌다.

"내가 무슨 힘이 있어요? 날 엘리베이터로 밀어 넣은 건 당신이에요. 내게 이러는 것도 당신이고."

"우리는 내일 결혼해요. 그렇게 말해줘요."

베넷의 미소가 살짝 흐려지더니 내 눈동자를 살피고는 고개를 끄덕였다.

"우리는 내일 결혼해."

나는 눈을 감고 그가 처음으로 자신의 마음을 열어보이며 사무실에서 옷을 벗었던 때를 떠올렸다.

"나한테 왜 이러는 거예요?"

그가 당혹해하며 물었다.

"자기, 괜찮아?"

베넷은 내게 이렇게 물으며 테이블 앞에 첫 번째 코스요리를 내온 웨이터를 향해 살짝 미소를 지었다.

"저 문을 박차고 나가 이방에서 알게 된 진실을 잃고 싶지 않아요."

나는 의자를 밀치고 자리에서 일어나 일렬로 놓인 테이블을 지나쳐 화장실로 갔다.

계단을 올라간 뒤 화장실 옆에 하객들을 위해 마련된 작은 객실로 들어가서 불도 켜지 않고 가만히 있었다. 방은 작고 답답했다. 앞서 이곳에 꽃 장식을 보관해둔 터라 진하게 향기가 남아 있었다. 나는 거친 숨을 몰아쉬며 벽 전체를 차지하고 있는 커다란 거울 속에 비친 내 모습을 들여다보았다.

베넷과 만나면서 느꼈던 모든 감정이 동시에 밀려드는 것 같았다. 증오, 욕망, 두려움, 후회, 절박함, 굶주림, 사랑….

사랑.

그래 사랑.

눈먼 사랑이다.

진한 꽃향기와 더불어 기대감이 날 옥죄어오는 것 같아 목걸이를 풀었다. 사실 무엇보다도 결혼을 하지 않으면 운명이 갑자기 우리를 다른 방향으로 이끌고 가 사랑이 아닌 적으로 만들 것 같았기 때문에 이렇게 할 수 밖에 없었다.

"클로에, 숨을 쉬어."

나는 스스로에게 속삭였다.

그때 문이 열리고 빛이 살짝 들어오더니 이내 어두워졌다. 베넷의 크고 따뜻한 손이 내 등을 쓸어내리며 엉덩이로 내려갔다.

"자기."

그가 내 뒷목에 입을 맞추자 깊은 울림이 전류처럼 사방으로 퍼져나갔다.

나는 눈을 감고 몸을 쭉 편 다음 베넷의 품에 안겼다. 그의 목에 얼굴을 묻고 애프터쉐이브 향기를 맡은 다음 입으로 허겁지겁 빨아들였다. 고향에 온 것 같은 느낌, 고향을 맛보는 것 같았다.

그가 조용히 신음하더니 내 팔을 따라 손가락까지 쓸어내리고는 등을 쓰다듬었다.

하지만 오히려 그 행동이 내게 우리가 참기로 한 제약을 떠올리게 해 분노와 열기, 좌절 같은 감정이 한꺼번에 밀려들었다. 그래서 그의 가슴을 주먹으로 마구 치며 소리쳤다.

"나한테 왜 이래요! 그 바보 같은 규칙 때문에 당신의 미소를 볼 수도 없고 커다란 페니스도 내가 가질 수 없잖아요! 당신의 긴 손가락과 혀의… 그 움직임도 느낄 수 없잖아요! 다 당신 탓이라구!"

나는 허겁지겁 숨을 들이쉬며 말을 이었다.

"이 완벽하고 입이 거칠고, 고집 세고, 까다롭고, 남을 부리기 좋아하는 재수탱이야! 난 당신을 증오해, 베넷! 왜 그렇게 모든 일에 유능하고 잘난 거야? 왜 날 사랑하는 거야? 어쩌다 내가 이렇게 행운아가 된 거지? 당신 때문에 미쳐버릴 것 같아! 저 사람들 앞에서 울 뻔했다고!"

그는 조용히 웃으며 고개를 저었다.

"아니, 당신은 울지 않을 거야. 이미 몇 년 전에도 울었으니 아직은 울 때가 아닌 것 같아, 그러니까…."

나는 그의 말을 자르고 키스를 퍼부었다. 그렇게 그와 내 입을 완전히 막아버리고 싶었다. 필요할 때 내 곁에 있어준 것이 고맙기도 했다. 그러나 가볍게 시작된 키스는 곧 열기로 끓어넘쳤고 그가 아랫입술 너머 내 혀를 받아들여 자신과 만나게 해주었다.

베넷은 신음하면서 날 들어올려 벽에 밀치고는 드레스 자락 속 허벅지를 더듬었다.

"설마 겁먹은 것은 아니겠지?"

"아니에요!"

나는 악을 쓰며 고개를 뒤로 젖히다 머리를 벽에 쿵 부딪혔다. 그가 내 다리 사이로 페니스를 비볐다.

"만약 그렇더라도 내가 당신 머리채를 잡아끌어서라도 신부 입장을 시킬 거야."

그 말에 난 웃음을 터트렸지만 그의 입술이 내 목과 턱을 훑자 이내 신음으로 바뀌었다.

"날 어디든 끌고 갈 수 있다고 생각하는 것이 우습군요."

내가 말했다.

그가 날 쳐다보자 나는 고개를 살짝 젖히고 그의 어깨를 밀쳤다.

"무릎을 꿇어요."

그가 날 노려보았다.

"뭐라고?"

"무릎을 꿇라고요."

내가 다시 말했다.

눈빛만으로 사람을 죽일 수 있다면 나는 자잘하게 다져져서 죽었을 것이다. 베넷은 아무 말도 하지 않고 바닥으로 몸을 구부리더니 내 앞에 무릎을 꿇었다. 그에게 더 이상의 말은 필요 없었다. 그는 내 한쪽 다리를 어깨에 올리고 몸을 구부리더니 클리토리스에 입을 갖다 댔다.

날 재빨리 흥분시키는 게 베넷의 유일한 목표일 것이다. 혀를 날름거리며 부드러운 피부 주변을 따뜻하게 키스하는 전희도 없겠지. 그저 입을 벌리고 빨아들인 뒤 손가락을 입구에 놓고 빙글빙글 돌리며 애액이 묻어나게 할 것이다.

하지만 그는 내 예상대로 움직이지 않았다. 엄지손가락을 질 안으로 밀어 넣었고 충분히 젖으면 손가락을 빼냈고 조심스럽게 하나씩 다시 안으로 밀어 넣었다. 나는 평생 가장 절박하고 애처로운 신음 소리를 내며 그의 머리카락을 붙잡고 그의 얼굴 앞에서 몸을 흔들었다. 베넷이 자주 이렇게 해주지 않지만 손가락으로든 페니스로든 한 번씩 이렇게 해주고 나면 완전히 힘이 빠져버려서 며칠 동안 멍한 상태가 되었다.

그의 입술이 부드러운 피부를 빨아 당겼고 동시에 손가락이 들락거리자 몸속으로 어두운 쾌락이 넘쳐흘렀다. 너무 과하면서도 동시에 도무지 채워질 줄 모르는 센세이션이 느껴졌다. 나는 그가 더 깊이, 더 강하게, 더 크게, 고통스러울 정도로 해주길 바랐다. 쾌락이 점차 끓어오르며 다리가 전율하기 시작했다. 나는 이 문밖에서 일어나는 다른 일들에 신경을 쓰느라 오르가슴이 찾아오지 않을까 봐 두려웠다. 베넷의 나체가 육중하게 내 위에 올라타고 내 몸을 두드려준다면 얼마나 좋을까.

하지만 그때 내 생각을 읽기라도 한 듯 베넷이 집게손가락을 항문에 밀어 넣어 강하게 움직였고 나는 허벅지를 떨며 손으로 그의 머리카락을 마구 움켜쥐었다. 다리 사이의 센세이션이 달콤한 불길로 번져 허벅지를 타고 척추로 전해지자 나도 모르게 입에서 비명이 새어 나왔다.

베넷은 내가 헐떡이며 어깨를 붙잡고 밀어낼 때까지 멈추지 않았다. 그런 다음에야 비로소 부드럽게 클리토리스에 키스한 다음 몸을 펴고 날 쳐다보았다.

"이걸로 내일 저녁까지 참을 수 있겠지?"

나는 다리가 녹아버린 것 같은 기분을 느끼며 벽에 기댔다.

"네."

"제대로 섹스를 한 사람 같아 보여."

나는 한숨을 내쉬며 웅얼거렸다.

"제대로 섹스를 한 것이 맞아요. 그 오묘한 입술과 버릇없는 손가락하고요."

"그 순서가 정확한 것 같네."

그가 자리에서 일어나 다른 손으로 구겨진 재킷을 쓰다듬었다.

나는 팔을 뻗어 그의 페니스를 붙잡고 고환을 쓸어내린 다음 두꺼운 귀두를 어루만졌다.

"우리 중 한 사람은 나가봐야 해요. 우리가 자리를 비운지… 몇 분이 되었어요. 진심으로 정말 굉장했어요."

그 소리에 베넷은 턱을 치켜세우고는 잘난 척을 했다.

"나도 알아."

"당신에게 보답해줄 시간이 없어서 미안해요."

내가 그의 턱에 키스하며 속삭였다.

"아니, 안 그래도 돼."

"음."

나는 그의 뺨을 토닥이며 말했다.

"우선 가서 좀 씻어요. 욕실에서 자위라도 하던지."

그러고는 턱에 키스하며 이렇게 덧붙였다.

"또다시."

그는 몸을 낮게 구부리고 내 목에 숨을 후하고 불더니 뒤돌아서 방을 나갔다. 나는 벽을 더듬어 불을 켠 다음 거울 속 내 모습을 살폈다. 삐져나온 머리카락을 작은 다이아몬드 실핀으로 고정한 다음 미소를 지으며 복도로 나섰다.

* * *

윌이 남자 화장실에서 나오는데 베넷이 황급히 안으로 들어갔다. 윌이 웃으며 날 쳐다보더니 물었다.

"베넷이 왜 저래요?"

나는 어깨를 으쓱거리며 대답했다.

"다 자업자득이죠."

그는 짐짓 동정한다는 듯 고개를 끄덕였다.

"이제 마음의 준비는 된 거예요?"

"아직 완전히는 아니에요."

윌이 내 어깨 위로 팔을 둘렀다.

"완벽한 결혼식이 될 거예요. 그렇지 않다고 해도 우리한텐 술이 있잖아요."

"알아요."

난 미소를 지으며 말했다.

"사실 불안한 건 아닌데, 다만…."

"엄마, 저 사람 고추 되게 커! 오늘 화장실에서 봤어!"

베넷의 팔촌인 케이트의 아들이 윌을 가리키며 외쳤다.

나는 터져 나오는 웃음을 감추려고 손으로 입을 틀어막았다. 윌이 당황한 기색으로 허공으로 팔을 휘저었다.

"오해하지 마요. 애한테 보여주지 않았어요."

"알아요."

케이트가 미안해했다. 그녀는 아랫입술을 깨물고 윌을 꽤 오랫동안 쳐다보았다. 길고 불편한 침묵이 흐른 뒤 그녀가 뭔가 생각이 났다는 듯 눈을 깜박이며 아들을 쳐다보았다.

"아이가 배변 훈련을 하는데 남편이 당신 얘기를 하더라고요."

그녀가 몸서리를 치더니 이렇게 덧붙였다.

"그러니까 제 남편이 그쪽을 유심히 봤다는 것이 아니라, 그럴리가 없죠. 그는 결혼한 남자니까. 그러니 남자에게 관심이 있겠어요? 그런데 남편이 우리 아들이 돌아다니다가… 오, 이런."

케이트는 말을 잇지 못하고 아들의 손을 잡고 얼른 여자 화장실로 들어가버렸다.

나는 영문을 알 수 없어 눈을 동그랗게 뜨고 윌을 쳐다보았다.

"방금 무슨 말을 하려던 거예요?"

그가 어깨를 움츠리더니 피식 웃었다.

"화장실에서 아이가 소변보는 우리 주위를 돌아다녔거든요. 아이 아버지는 손을 씻고 있었고. 별일 아니에요."

"왜 여자들은 네 앞에서 말을 제대로 못하는 거지?"

"그런가요?"

그가 추파를 던지듯 미소를 지으며 내게 물었다.

"그런데 당신은 말을 참 잘 하네요."

"그거야 난 여자가 아니라 용에 가까우니까 그렇죠."

내가 윙크로 화답했다.

"역시 최고군요."

윌이 날 쳐다보며 뭔가 떡밥을 던져줄 것 같은 눈길을 보냈다.

"아무튼 당신과 할 이야기가 있어요."

"윌리엄."

내가 벽에 기대며 말했다.

"당신이 어떤 말이든 날 비난하려든다면 상상도 못하는 방법으로 되갚아줄 거예요."

그는 한숨을 내쉬더니 날 쳐다보았다.

"솔직히 당신 같은 여자라면 날 무릎 꿇려서 척추를 반 토막을 내고도 남을 사람이죠. 당신 신랑에 관한 일이에요."

"베넷이 어쨌는데요?"

윌이 천천히 숨을 내쉬며 내 얼굴을 이리저리 살폈다. 그는 확실히 호적수였다.

"이미 알고 있는 거 아니에요?"

윌의 얼굴을 자세히 보니 뺨에 립스틱 자국이 남아 있고 머리카락은 손톱으로 뜯겨 엉망이었다. 윌은 재치 있는 말로 여성을 후리는 데 선수였다. 그런 그가 망가진 모습을 보이다니 놀랍기도 하고 흥미로웠다.

"주디스와 메리 고모?"

"맞아요."

그가 날카로운 웃음소리를 냈다.

"베넷이 이 일을 꾸민 걸 알아요. 주말까지는 제대로 당해주겠어요. 장단만 맞추면 되니까. 하지만 결혼식이 끝난 뒤에 피지에서 신혼여행을 마치고 돌아오면, 그때 두고 봐요. 괜찮죠?"

나는 그에게 짓궂은 미소를 지어보이고는 알겠다는 뜻으로 고개를 끄덕였다.

"그때 생일 선물로 보낸 사이코 광대는 약과예요. 내 점심 도시락에 변비약을 탄 것도 유치한 짓이죠. 그가 비서 공고를 냈을 때 내가 가짜 이력서를 보내서 스트리퍼를 면접 보게 한 것 기억나요? 그런데 이번에는 그 정도는 아무것도 아닐 거예요."

"무지 기대가 되는데요, 섬너 박사님."

그 말에 윌이 뒤로 물러서더니 날 가만히 쳐다보았다.

"당신이 신나하는 것을 보니 살짝 걱정이 되는군요."

나는 벽에 기대었던 몸을 똑바로 세우고 그의 뺨을 토닥였다.

"정말 기대돼요. 이번 주가 지나면 베넷의 손에는 결혼반지가 끼워지고 제 이름 뒤에 그의 성이 붙을 테니까요. 그리고 이 엄청난 장난질도 계속될 거라는 사실도 알아요. 당신과 한나는 계속해서 사랑스러울 테고 맥스와 세라는 눈꼴이 시릴 정도로 서로 빠져 있겠죠. 베넷은 날 온통 흔들어놓고 미치게 만들 테죠. 이런 게 인생 아니겠어요."

때맞춰 베넷이 한결 침착해진 표정으로 남자 화장실에서 걸어 나왔다. 그는 내게 살짝 윙크를 날리며 내 쪽으로 걸어왔다.

윌이 그를 흘끗 쳐다본 뒤 계단을 내려가 연회장으로 돌아갔다.

"어때요?"

베넷이 가까이 다가와 내 입술에 키스하자 내가 물었다.

"뭐가?"

"기분이 좀 나아졌어요?"

그가 어깨를 으쓱거렸다.

"아주 조금은."

"당신의 판타지가 뭐였어요?"

깊은 눈동자가 내 입술을 진지하게 바라보았다. 그는 몸을 숙이며 이렇게 말했다.

"당신 뒤에서 삽입을 하고 입을 막고 마구 흔드는 거야. 당신이 아무 말도 하지 못하게."

그러곤 그는 내 뺨에 키스를 했고 우리가 손을 맞잡고 다시 연회장으로 갔다. 나는 더 이상 불안하지 않았다.

* * *

저녁 식사가 서서히 마무리되면서 사람들이 칵테일을 주문하고 삼삼오오 모여서 이야기를 나누거나 댄스 플로어로 나갔다. 베넷과 나는 테이블에 앉아 플로어를 지켜보았다. 그는 긴 팔을 내 의자 위에 올린 채 손가락으로 내 머리카락 끝을 이리저리 만졌다.

"당신은 정말 골칫덩어리야."

그가 조용히 말했다.

"글쎄, 나한테 당신은 골칫덩어리가 아닌데."

그가 특유의 깊은 목소리로 껄껄 웃더니 속삭였다.

"당신은 부끄러움을 몰라."

"맞아요."

베넷이 고개를 젓더니 술을 들이켰다.

나는 주디스와 메리 고모가 윌을 사이에 두고 유혹하는 모습을 지켜보았다.

"당신은 이제 큰일 났어요."

내가 베넷에게 말했다.

"윌이 당신에게 '반격'할 거라더군요."

"나도 알아."

고모들의 손이 윌의 옆구리와 머리카락을 어루만졌고…난 은퇴한 노인들의 추태를 멀찍이 감상했다. 윌은 너그럽게 굴려고 노력 중이었지만 작업 고수인 그도 감당하기 어려운 눈치였다.

"이 골칫덩어리들아, 그만 좀 해!"

우리 아버지가 고함을 질렀다.

"좋았던 시절이 생각나서 그러니깐 오빠는 가만히 좀 있어요!"

주디스 고모가 되받아쳤다.

주디스 고모가 윌의 엉덩이를 움켜쥐자 그는 조심스럽게 몸을 틀어 손아귀에서 빠져나왔다. 그러고는 비틀거리며 디제이 테이블로 가 스탠드에서 마이크를 빼냈다.

"한나!"

마이크에서 끼익하는 소리가 났고 모든 사람들이 귀를 틀어막았다. 디제이가 재빨리 음악을 멈추었고 순간 정적이 흘렀다. 하지만 윌은 전혀 동요하지 않았다.

"한나, 날 좀 봐."

우리는 미나와 이야기를 하고 서 있는 한나를 쳐다보았다. 그녀는 놀라 눈이 휘둥그레졌고 윌을 향해 살짝 고개를 저었다.

"세상에."

한나가 나지막이 웅얼거렸다.

"비행기에서 내가 넌지시 했던 말 기억나?"

윌은 그녀에게 시선을 고정한 채로 물었다.

그녀의 입꼬리가 살짝 올라갔다.

"내 기억을 되살려봐요, 윌."

윌이 눈을 꼭 감더니 깊이 숨을 내쉬고는 다시 한나를 쳐다보았다.

"나와 결혼해주겠어?"

놀라 숨이 턱 막힌 사람은 나뿐만이 아니었다. 그 자리에 있던 모든 사람들의 시선이 일제히 그들로 몰렸다. 베넷은 나에게 뭐가 필요한지 미리 알고 있다는 듯 주머니에서 손수건을 꺼내 건넸다. 연회장 맞은편에서 맥스도 세라에게 손수건을 건네고 있었다. 하지만 세라는 손수건을 받아들고 고맙다고 말했지만 나는 베넷의 손을 툭 쳐냈다.

"미안해요, 클로에."

윌은 자신이 50명 앞에서 이 이야기를 하고 있다는 사실을 인식하지 못한 듯 정신이 없어 보였다.

"타이밍이 엉망이네요."

"지금 나한테 말을 건네면 어떡해요!"

나는 이렇게 소리치며 한나를 가리켰다.

"계속해요! 오늘 있었던 일 중에서 최고로 흥미로우니까."

베넷이 내 어깨를 손으로 꾹 누르며 사악하게 웃었다.

"당신 이제 큰일 났는걸."

한나가 앞으로 걸어 나왔고 댄스 플로어에는 두 사람만 남았다.

"지금 손버릇이 고약한 두 분한테서 벗어나려고 나한테 결혼하자고 하는 거예요?"

"그런 점도 없지 않아."

윌이 유머러스하게 말하며 고개를 끄덕였다. 그는 침을 꿀꺽 삼키고는 좀 더 큰 목소리로 말했다.

"하지만 매일 결혼하자고 말하고 싶었고 솔직히 겁도 났어."

그는 두 손을 모으더니 한나가 자신의 말을 오해할까 봐 급하게 덧붙였다.

"내가 확신이 없어서가 아니야. 당신이 나처럼 확실해지기를 바라서 그래."

한나는 플로어를 가로질러 윌의 떨리는 손에서 마이크를 빼고 스탠드 위에 올려놓았다. 그리고 윌에게 키스한 다음 두 사람만 들릴 만한 소리로 무언가 속삭였다. 그 말을 들은 윌 섬너는 환하게 웃었다. 난 그런 미소를 짓는 윌의 모습을 난생 처음 보았다.

하객들이 모두 환호성을 지르고 베넷이 웨이터에게 샴페인을 돌리라고 손짓했다. 다시 신나는 음악이 흘러나오고 댄스 플로어는 순식간에 사람들로 북적거렸다.

베넷이 자리에서 일어나 날 내려다보며 말했다.

"내일이면 라이언 부인이 되실 분, 저와 함께 춤을 추실까요?"

"내일이면 밀스 씨가 되실 뿐이 리드해준다면야."

6

"마이타이를 두 잔 마셔서 취한 걸 수도 있어요."

클로에가 말했다.

"아니면 윌이 정말로 오늘 밤 한나에게 프러포즈한 거예요?"

"그렇지."

나는 이렇게 대답하고 바다를 쳐다보았다.

"우리의 리허설 중간에 마이크를 잡고 당신과 우리 가족이 전부 보는 앞에서 프로포즈를 하다니. 아마 레스토랑 위층에 있었던 사람들까지 다 들었을 거야."

"그러게요."

클로에는 이를 닦으며 대답하고는 물로 입안을 헹궜다. 그녀가 상체를 숙이자 엉덩이가 도드라졌고 순간 심박이 빨라지고 배 속 깊숙이 욕구가 치밀어 올랐다.

"서둘러야 할 거야."

내가 개수대에 타월을 올리고 몸을 기대며 말했다.

"우리 어디 가야 돼요?"

짧은 레이스 슬립 차림으로 아무것도 모른다는 듯 눈이 휘둥그레져서 쳐다보는 클로에를 보니 과연 결혼 리허설 파티에서 가족들과 식사를 하다 위층 옷 방으로 끌고가 나에게 오럴섹스를 시켰던 여자가 맞나 싶었다. 나는 그녀가 다시 욕심 많은 클로에로 되돌아온 것이 기뻤다.

이번엔 내 차례다.

"아니, 당신은 내게 오럴섹스를 해줘야 할 거고 그다음에는 내가 당신에게 덤빌 거야. 누군가가 우리 방에 찾아와서 결혼식에 늦겠다고 알려주기 전까지 말이야."

나는 이렇게 말하며 셔츠의 단추를 풀었다.

그녀가 움찔하면서 내 몸 구석구석을 훑었다.

"아 그래요?"

난 그녀를 벽에 밀치고 엉덩이에 손을 올렸다.

"내일은 아마 걷기도 힘들 거야."

"당신의 금욕 원칙은 어떡하고요?"

"그건 한 번도 섹스를 해보지 못한 바보들이나 지키는 거지."

나는 혀로 그녀의 목을 핥은 뒤 다리를 들어 내 허리에 감았다. 그렇게 우리는 침실로 가면서 모든 조명을 껐다.

"그리고 난 그런 멍청한 규칙을 지키는 일이 싫증났어, 밀스 양."

"언제 이런 결론을 내린 거예요? 내가 오르가슴을 안겨주기 전이에요, 후예요?"

내가 클로에를 매트리스 위로 거칠게 내려놓자 그녀는 꺄악 하고 비명을 질렀다.

"왜 아직도 말을 하고 있는 거야?"

나는 그녀의 입에 대고 으르렁거렸다. 그리고 이번 한 주간 느꼈던 좌절감을 모조리 벗어버리고 싶은 마음을 담아 진하게 키스했다. 클로에가 신음하며 내 셔츠를 벗기고 팬티를 아래로 내리자 나도 숨을 몰아쉬었다.

"날 빨아줘야 할 거야."

내가 요구했다.

"그런 다음에 당신을 네 발로 기게 해놓고 섹스 할 거야."

인기척이 들려 나는 고개를 들고 어둠 속에서 눈을 깜박였다.

"방금 무슨 소리 나지 않았어?"

방 입구에 있는 타일 위를 걷는 소리가 났다.

"젠장, 들었어요."

그녀가 손톱으로 내 몸을 긁으며 한숨을 쉬었다.

"누가 있어요…."

"클로에가…."

"아슬아슬했지. 둘 다 착하게 굴지 않을 거야."

남자의 목소리가 들렸다.

나는 번개처럼 일어나 싸울 채비를 갖추었는데 갑자기 불이 켜져 가슴이 철렁 내려앉았다.

"세상에, 조지. 노크를 하자고 했잖아요!"

여자가 비명을 질렀다.

나는 얼른 클로에의 나체를 가렸다.

"미나?"

나는 갑작스런 불빛에 눈을 깜박이며 미나가 방으로 들어오는 모습을 쳐다보았다.

누군가가 내게 셔츠를 던져주었지만 내가 도로 던져버렸다.

"감히 어디서!"

조지가 이렇게 경고하며 내 앞으로 잽싸게 뛰어왔다.

"개인적으로 이 남자에게 어떤 옷이라도 건네주는 사람은 목을 졸라버릴 거야. 그리고 젠장, 미나. 그가 나체일 거라고 했잖아."

"내 실수네요."

미나가 웃으며 말했다.

"오빠가 정절을 지키려고 결혼식까지 금욕한다는 것을 깜박했어요. 말한다는 것을 잊어버렸네요. 하지만 현재 상황을 보니."

미나가 내 팬티를 쳐다보며 말을 이었다.

"그런데 원칙을 포기하려고 했나봐요. 뭐라도 좀 걸쳐요, 오빠. 어머니가 오고 계세요.”

문득 내가 팬티만 입고 있다는 것을 깨달았다. 그것도 발기한 채로.

“당장 여기서 나가!”

난 베개를 들어 허겁지겁 몸을 가렸다. 클로에는 바닥으로 몸을 웅크리고 면 가운을 집어들었다. 침입자들은 머리부터 발끝까지 검은색 옷으로 무장해서 마치 만화에 나오는 멕시코 노상강도들 같았다. 다른 때 같았으면 이 상황이 우습다고 생각할 것이다.

“진정하렴, 얘야.”

어머니가 세라와 줄리아를 데리고 방으로 걸어 들어왔다.

“우린 클로에를 데리러 왔단다.”

“대체 열쇠는 어디서 나서 여길 찾아온 거예요?”

내가 물었다.

“대답해줘도 형은 관심 없잖아.”

조지가 말했다.

어머니가 침대로 걸어와 클로에의 손을 잡았다.

“베넷, 너도 알겠지만 신랑은 결혼식 당일 식장에 입장하기 전까지 신부를 볼 수 없단다. 지금이 결혼식 당일 정확히 5분 전이고.”

어머니가 내 귀에 속삭였다.

“우리가 몰래 와서 신부를 훔쳐갈 거라고 문자 보낸 거 못봤니?”

“어머니!”

나는 인내심이 바닥나 소리를 질렀다.

"어머니가 보낸 아버지의 팬티나 어머니 방 에어컨, 레스토랑에서 마음에 든 접시 등에 대한 500여 통의 문자를 일일이 읽을 시간은 없다고요!"

"제 생각은 어떨지 궁금한 분은 없나요?"

클로에가 물었다.

"없어요."

조지와 미나가 동시에 말했다.

"좋아요."

클로에가 가운 자락을 여미며 말했다.

"지금 내가 지쳐 있는 걸 다행인 줄 알아요, 아니었으면 모두에게 일일이 하이킥을 날려줬을 테니까. 날 좀 자게 해줘요. 누구의 침대든 상관없어요. 도련님 침대만 빼고."

그녀가 조지를 가리키며 말했다.

"지금 꿈나라에 갈 시간은 아닌 것 같은데요, 공주님."

상황이 어떻게 돌아가고 있는 걸까?

"세라."

난 그녀를 쳐다보며 간청했다.

"사람들이 뭐라고 하면서 이 방에 가자고 하던가요? 당신은 이런 사람이 아니잖아요. 억지로 여기까지 끌려온 거죠?"

세라가 어깨를 움츠리며 말했다.

"사실 재미있었어요. 당신이 금욕을 결심했다기에 이 방에서 십자수를 하거나 스크램블 같은 게임을 하며 놀고 있을 줄 알았어요. 하지만 이편이 더 재미있는 걸요."

"다들 제정신이 아니군."

내가 말했다.

"하나같이. 세상에 어머니조차도요."

"2분 남았습니다!"

조지가 큰 소리로 외쳤다. 방안은 순식간에 부산해졌다. 온갖 서랍이 열리고 난장판을 방불케 했다. 내일 결혼식에 필요한 물건을 찾느라고 욕실까지 샅샅이 파헤쳐졌다.

"그렇게 뚱하게 굴지 마, 베넷. 이건 전통이란다. 내일 클로에가 입장하는 모습을 보면 기다린 보람이 있다고 느껴질 테니까. 얘들아 다 챙겼니?"

어머니가 말했다.

여러 명의 목소리가 동시에 대답했고 내 신부를 납치해가는 준비는 차근차근 진행되었다. 클로에는 내 입술에 짤막한 키스를 남기고 서둘러 침실을 떠났다. 그렇게 부산했던 스위트룸은 다시 적막감에 휩싸였다.

* * *

잠이 들기까지 몇 시간이 걸렸다. 침실은 쥐 죽은 듯 조용했고 침대는 너무 휑하게 느껴졌다. 또다시 이런 일이 일어났다니. 손끝까지 허망한 느낌이 감돌았다.

혼자 잠에서 깨는 일은 정말로 싫다. 누군가는 지금쯤 익숙해질 때도 되지 않았냐고 생각하겠지만, 항상 일이 바쁜 우리 두 사람은 한쪽이 먼저 일어나 나가버리고 빈 침대에 홀로 시간을 보내는 날도 있었다. 하지만 지금은 클로에의 따뜻한 체온과 부드러운 피부를 느끼며 함께 잠에서 깨는 것이 익숙해진 터라 마치 몸의 중요한 일부가 사라진 것 같은 기분이 들었다.

여전히 해가 뜨지 않았다. 너무 이른 새벽이라 습기를 머금은 한기가 공기 중으로 느껴졌고 새들의 지저귀는 소리도 거의 들리지 않았다. 밖이 조용해서 파도소리가 상대적으로 더 크게 들렸다. 나는 쓸쓸하게 혼자 있었고 클로에는 어딘가 가까운 곳에 있겠지만 내 손길이 미칠 수는 없는 거리에 있었다. 나는 속이 뒤집히는 것 같아 눈을 감고 베개로 배를 감쌌다.

아주 긴 하루가 될 것 같았다.

난 억지로 몸을 일으키고 욕실로 가서 볼일을 보고 샤워를 하고 옷을 입었다. 클로에와 나는 오늘 결혼을 한다. 결혼을. 오늘 끝내야 하는 모든 일을 머릿속으로 정리해보니 하루가 턱없이 모자를 판이다.

이 방에는 시계가 너무 많다. 내가 차고 있는 것은 뉴욕 사무소를 열던 날 클로에가 내게 선물로 준 것이다. 그 밖에도 물기가 남아 있는 테이블 위에 화려한 시계가 하나, 텔레비전 위에 또 하나, 침대 협탁에도 또 하나가 놓여 있었다. 클로에가 잠에서 깨기까지 몇 시간이나 남았으며 그녀를 다시 보려면 얼마를 기다려야 하는지, 그녀가 내 아내가 되기까지는 또 얼마나 걸리는지를 온갖 시계들이 알려주고 있는 것 같았다.

* * *

월과 맥스가 아래층에서 날 기다리고 있었다. 둘은 넓은 거실의 벽난로 앞에 나란히 붙어서 맥스의 스마트폰으로 지도를 보며 언쟁을 벌이는 중이었다.

"이건 대학교야."

월이 말했다.

"아니라고."

맥스가 우겼다.

"로빈슨가에 있는 것이 대학이야."

맥스는 고개를 들더니 내 찡그린 얼굴을 살피고는 고개를 저었다.

"안녕, 친구. 너도 잠을 설친 거야?"

나는 눈을 굴리며 말했다.

"알면서 뭐 물어. 임신한 네 여자 친구가 보고 싶지 않든? 그녀가 내 방에 왔었는데."

"뭐라고?"

윌이 말했다.

"조지를 포함해 신부 측 모든 인사들이 지난밤 총출동해서 내 약혼녀를 데려갔고 난 결혼식 전까지 클로에를 볼 수 없어. 그녀를 이 호텔 어딘가에 숨겨두었다가 흰 레이스와 무지갯빛 반짝이로 휘감아 데려오겠지."

윌은 다크서클이 가득 내려온 얼굴로 구부정하게 서서 쉴 새 없이 하품을 해댔다.

"넌 왜 그런 몰골을 하고 있어?"

"한나 때문에."

그가 또다시 하품을 하며 말했다.

"연하킬러인 고모님들 때문인지 다른 이유가 있는지 모르겠지만 이곳에 온 뒤로 잠을 푹 자지 못했어."

"난 너희 둘 다 짜증나."

내가 손을 흔들며 말했다.

"기운이 팔팔한 모습을 보니 좋은 걸, 친구."

맥스가 웃었다.

"그런 말은 집어치워, 스텔라."

나는 그렇게 말하고는 맥스에게 떠밀려 안내 데스크로 향했다. 맥스와 윌이 양 옆으로 나란히 섰다.

우리가 다가가자 접수 담당자가 고개를 들었다. 나는 그녀에게 이름을 말한 다음 신분증과 신용카드를 넘겨주고 렌트카 서류작업이 끝나기를 기다렸다. 세탁소에 가려고 커다란 카고밴을 예약해두었다. 턱시도와 웨딩드레스가 완벽한 상태로 배송될 수 있도록 확인하고 싶었고 예복을 담은 케이스마저 깨끗하기를 바랐다. 나는 차 열쇠를 건네받은 다음 마침내 무언가를 제어할 수 있다는 생각에 안도감을 느꼈다. 스스로 직접 일을 마무리한다는 것은 이런 것이다.

"라이언 씨!"

누군가 내 이름을 불러 돌아보니 나무 바닥 위로 익숙한 하이힐 소리가 울려 퍼졌다.

젠장.

"크리스틴."

나는 아는 척을 했다.

"이제 막 나가보려고요."

"예복을 찾으러 가시군요."

그녀가 내 손에 든 자동차 열쇠를 가리키며 고갯짓을 했다.

"그런데 무슨 볼일이 있으신가요?"

"아, 그게."

그녀가 아주 고통스러운 미소를 지으며 말을 이었다. 나는 본능적으로 심장이 쿵 내려앉았다.

"문제가 조금 있어서요."

'우선 심호흡을 해야겠어.'

"조금이라뇨?"

내가 물었다. '작은 사고. 사소한 문제. 별것 아닌 일.'

"작은 문제요."

그녀가 다시 내게 미소를 지었다.

"별일 아니에요."

"또 시작이군."

윌이 이렇게 탄식하는 소리가 들렸다.

우리는 그녀를 따라 뒷문으로 갔다. 테라스를 지나 결혼식 준비가 한창인 잔디밭으로 건너갔다. 그런데 잔디 위로 발걸음을 옮기자 풀이 납작하게 눌리며 발이 푹 빠지는 것이 아닌가.

"이런, 세상에."

나는 주위를 둘러보며 말했다.

"제기랄."

바닥에 물기가 흥건했다. 의자가 넘어지고 테이블은 진흙탕이 된 잔디 아래로 푹푹 빠져 높이가 제각각이었다. 직원들은 당황해 우왕좌왕하고 있었다.

"밤사이에 스프링클러 파이프에서 누수가 생겼나봐요."

크리스틴이 사과하듯 말했다.

"물은 잠갔지만 보시다시피…."

"세상에."

윌이 운동화 앞코로 물웅덩이를 가늠해보았다.

내가 손으로 얼굴을 문지르는 사이 맥스가 내 어깨를 꽉 붙잡았다.

"문제를 해결할 수 있는 거죠?"

내가 이성을 잃기 일보 직전이라는 점을 파악하고는 맥스가 앞으로 나서며 말했다.

"아, 물론입니다."

크리스틴이 이렇게 대답했지만 나는 귓가로 피가 몰려 윙윙거리는 통에 제대로 듣지 못했다.

그때 주머니 속에서 스마트폰의 진동이 울렸고 혹시 발신자가 클로에일까 봐 덜컥 겁이 났다.

하지만 다행히도 어머니에게 온 문자였다.

'얘야, 네 아버지가 검정색 정장 구두를 챙겨왔니? 우리 방에는 없는데 자꾸 챙겨왔다고 우기는구나.'

나는 스마트폰을 다시 주머니 속에 집어넣고는 크리스틴을 향해 몸을 돌렸다.

"스프링클러를 고쳤으니 이제 이곳을 건조시키던지 결혼식 장소를 해변 쪽으로 좀 더 이동하던지 하세요."

그 말에 맥스가 날 쳐다보며 상냥한 미소를 지었다.

"봤지? 걱정할 거 하나도 없어, 친구. 가서 예복을 찾아오고 요기도 좀 하고… 아니면 술을 좀 마시거나. 네 표정을 보니 돌아오면 모든 것이 해결되어 있을 것 같아. 그리고 괜찮다면 이건 내가 가져가겠어."

맥스가 내 손에서 자동차 키를 빼앗았다.

"무슨 짓이야?"

나는 도로 회수하려고 손을 뻗었다.

"미안해, 베넷. 어쩌면 이것이 모두를 위한 길이야. 네 현재 마음 상태로는 보행자를 다 깔아뭉갤 것 같아서 그래. 그러면 결혼식에 큰 차질이 생기잖아."

"운전할 수 있어, 맥스. 키 도로 내놔."

"네 상태를 좀 봐. 완전 열 받았잖아."

맥스가 이렇게 말하더니 내 이마를 짚으려고 했고 나는 화가 나서 그의 손을 거세게 쳐냈다.

윌이 뒤에서 코웃음을 쳐서 나는 매섭게 쏘아보았다. 그러자 윌이 몸을 앞으로 내밀며 말했다.

"맥스의 말이 일리가 있어."

그러고는 뒷걸음질 치며 물러났다.

나는 다시 맥스를 쳐다보았다.

"운전할 줄은 알아?"

"당연하지?"

"여기서 해본 적 있어?"

그가 당연하다는 듯 손사래를 쳤다.

"좌회전, 우회전 신호만 볼 줄 알면 되는 거 아니야?"

* * *

우리는 맥스를 따라 호텔을 빠져나와 발레파킹을 해둔 곳으로 갔다. 걸어가면서도 계속 티격태격했다. 나는 맥스를 거만한 놈이라고 욕했고 그는 내게 지갑 간수나 잘 하라며 놀려댔다. 윌은 잠이 덜 깬 채 무거운 발걸음으로 조용히 뒤따라왔다.

곧장 주차요원이 다가오더니 맥스와 내가 언쟁을 벌이는 것은 모른 척하고 클립보드에 붙어 있는 차량 목록을 보며 열쇠를 대조했다. 그러곤 직원은 우리를 데리고 야자나무 아래 주차되어 있는 흰색 승합차로 향했다. 나는 그에게 팁으로 몇 달러를 쥐어주었다.

"자, 내 계획은 이거야, 윌."

맥스가 말을 하다가 잠깐 멈추고는 윌의 엉덩이를 걷어찼다.

윌이 놀라 눈을 크게 떴다.

"뭐하는 거야?"

"괜찮아?"

"아, 피곤해서 죽을 것 같아."

"그럼 커피를 좀 마셔."

맥스가 말했다.

"넌 우리랑 세탁소 들렀다가 반지를 찾아와야지."

"뭐? 나더러 네 잔심부름이나 하라고? 왜 헨리는 안 시키는 거야?"

"헨리는 말이 너무 많고 네가 더 잘생겼으니까."

맥스가 말했다.

“혹시 알아? 세탁소에서 또 혈기왕성한 아줌마를 상대해야 될지. 넌 연상녀들을 유혹하는 데 선수잖아.”

맥스가 윌의 엉덩이를 두드리며 놀려댔다.

“너 말고는 적임자가 없어, 귀염둥이.”

윌은 대꾸하기조차 피곤하다는 듯 하품을 하고는 손을 저었다.

“그래, 뭐 그러시던지.”

맥스가 밴으로 걸어가더니 뒷좌석 문 옆에 멈춰섰다.

“베넷, 네 마차가 준비되었어.”

“빌어먹을 놈.”

나는 차에 올라타며 그의 어깨를 세게 내리쳤다.

맥스는 웃으며 운전석에 올라타며 이렇게 물었다.

“뒷좌석은 괜찮아, 윌리엄?”

“응, 그래.”

윌이 웅얼거리듯 대답했다.

“너희 둘 다 정말 밥맛이야.”

맥스가 열쇠를 꽂고 시동을 거니 차의 엔진이 부르릉 하고 소리를 냈다. 맥스는 날 향해 자랑스러운 미소를 지어보이고는 기어를 넣었는데 공회전만 해댔고 그는 점차 당황해하는 기색이었다.

“음, 아주 잘하고 있는데.”

내가 말했다.

"계집애처럼 예민하게 굴지 말고 가만히 좀 있을래? 내가 해결할 테니."

"당연히 네가 해결해야지."

밴이 갑자기 앞으로 전진했고 나는 얼른 안전벨트를 맸다. 처음으로 모퉁이를 돌 때 타이어가 밀리며 끼익 하는 소리가 났고 나는 재빨리 문에 달린 손잡이를 찾았다. 윌은 운이 없었는지 뒷자석에서 이리저리 부딪히는 소리가 났다.

"마지막으로 차를 몰아본 게 언제야?"

다시 모퉁이를 돌 때를 대비해 팔로 몸을 감싸며 물었다.

맥스가 잠깐 기억을 떠올려 보는 듯 입을 다물었다.

"라스베이거스에서."

정신이 번쩍 들게 하는 시끄러운 경적 소리에도 맥스는 동요하지 않고 고개를 끄덕이며 말했다.

"라스베이거스라고? 네가 언제 라스베이거스에서 운전을 했는지 난 기억이 안나는데?"

맥스는 스마트폰으로 지도를 확인하다가 막판에 겨우 황색 신호를 보고 가까스로 멈춰섰다.

"두 사람이 바쁠 때 내가 차를 빌렸을 거야."

"빌렸다고? 세상에."

"맞아. 사실은… 엄밀히 말해서 차가 아니라 리무진이었어. 하지만 그게 중요한 것은 아니야. 난 안전하고 깔끔하게 운전했다고."

"그때 별일 없었어? 옆에 운전자가 창문을 열고 기분 나쁜 손짓을 했다거나 경찰이 사이렌을 울리지는 않던?"

영국식 운전 습관이 머릿속에 박혀 있을 뿐인 맥스는 소형차를 몇 대나 들이박을 뻔한 뒤 마침내 세탁소 앞에 도착했다.

"아, 누가 나 좀 꺼내줘."

윌이 탄식했다. 나는 차에서 내려 뒷좌석 문을 열었다. 윌이 비틀거리며 뒷좌석에서 빠져나와 곧장 풀숲으로 달려가 토했다.

쇼핑몰 한가운데 자리잡고 있는 세탁소 옆으로는 중식당과 만화방이 있었고 영세한 분위기였다. 맥스가 나더러 앞장서라는 듯 손짓했고 우리는 세탁소 문 앞에 서서 머리 위로 깜박이는 '고객만족 보장'이라고 적힌 네온사인을 올려다보았다.

"우리가 운이 없었나보네."

맥스가 숨을 고르며 말했다.

다행히도 예복은 준비가 끝나 있었다. 쇼핑백을 열어 빠진 것이 없는지 살폈다. 드레스 여섯 벌, 턱시도 여덟 벌로 수량을 확인하고는 그대로 챙겨 밴으로 왔다. 맥스는 우리 어머니와 한 약속을 지켰고 덕분에 난 클로에의 웨딩드레스를 전혀 보지 못했다.

"다시 운전할 생각은 하지도 마."

예복을 전부 차에 싣고 난 뒤 내가 맥스에게 말했다.

"그 얘기 끝난 거 아니야?"

맥스가 물었다.

“네가 한 짓을 몰라서 그래? 윌은 토하고 나서 쓰러질 뻔했어.”

나는 맥스의 손에서 자동차 키를 빼앗으려고 손을 뻗었다.

“네가 더 잘할 수 있다고 생각하는 거야? 우리 할머니가 올해 82세고 녹내장을 앓고 계신데 너보다 우리 할머니가 더 나아.”

“미안한데 경찰차가 와서 널 체포하는 꼴은 보고 싶지 않다고.”

내가 이렇게 말했지만 맥스는 다시 내 손에서 키를 빼앗아갔다.

윌이 우리 사이에 끼어들어 키를 낚아채더니 피곤한 듯 눈을 비볐다.

“둘 다 그만 좀 할 수 없어? 호텔로 돌아가면 밤새 아줌마들한테 시달려야 돼. 그러니까 너희가 떠드는 말을 들어줄 여력이 없다고. 베넷, 네가 운전해.”

윌이 그렇게 말하고는 내 손에 키를 쥐어주었다.

“맥스, 진정하고 네 차례를 기다려. 택시가 도착했네. 난 가서 반지를 찾아올 테니 호텔에서 보자.”

윌은 우리 두 사람을 번갈아 쳐다보며 반응을 기다렸다.

“좋아.”

내가 대답했다.

“알았어.”

맥스가 한숨을 쉬며 말했다.

“잘됐어. 이제 돌아가는 길에 서로 죽이지 않으려고 노력해보자.”

* * *

나는 델 호텔 주소를 스마트폰에 입력하고 지도가 나오길 기다렸다. 맥스는 잠자코 조수석에 앉아 있었다.

"고마워."

나는 이렇게 말하고는 시동을 걸었다. 세탁소까지 찾아오는데 애를 먹긴 했지만 맥스는 오전 내내 그만의 차분함과 낙관주의로 상황을 잘 이끌었다. 맥스가 나서서 해결해주지 않았더라면 나는 호텔 로비에서 내 직원도 아닌 사람을 해고하고 술을 진탕 마셨을 것이다.

"넌 멍청이야."

맥스가 대답했다. 나는 친구를 향해 미소를 지어보이고는 주차장을 빠져나왔다.

토요일 오후 샌디에이고의 교통정체는 극심했다. 우리는 운 좋게 진입했지만 고속도로에 오르려면 시간이 걸릴 것이다. 맥스가 내게 잘못된 방향으로 가고 있다고 질책하던 차에 그의 스마트폰이 울렸다.

"어, 윌."

맥스가 전화를 받아서 스피커폰을 켰다.

"응, 말해."

"너희 두 얼간이 중 누가 밴 뒷문을 닫았어?"

"그게 무슨 말이야?"

나는 이렇게 물은 뒤 백미러를 살폈다. 확실히 한쪽 문이 닫히지 않은 채 앞뒤로 덜컹거리고 있었다.

"젠장."

나는 고함을 질렀고 갑자기 세상이 빠르게 돌아가는 것처럼 느껴졌다. 자동차들이 여기저기서 나타나더니 우리를 향해 경적을 울려댔다. 내가 밴을 갓길에 세우려 하자 뒤따라오던 차들이 끼익 하는 타이어소리를 내며 옆으로 지나쳤다. 백미러를 보니 예복을 넣어둔 쇼핑백이 솜사탕처럼 이리저리 흔들리고 있었다. 앞쪽으로 우르르 밀렸다가 뒤쪽으로, 또다시 앞쪽으로. 맥스가 안전벨트를 헐겁게 풀고 뒤로 몸을 젖히고 팔을 뻗어 위험에 처한 우리의 예복을 구하려고 했다. 하지만 너무 늦었다. 차가 노면의 턱에 걸려 살짝 흔들리자 예복이 든 쇼핑백이 공중으로 튀어 올랐고 이내 도미노처럼 쓰러져 옷들이 열린 차문 밖으로 튀어나가 아스팔트 위로 쏟아졌다.

엄청난 재앙이 닥친 것이 분명했다. 나는 재빨리 핸들을 꺾어 커다란 밴을 제일 오른쪽 끝 차선으로 옮긴 다음 갓길에 세웠다. 그러고는 차문을 열고 밖으로 나왔다. 우리는 그 자리에서 굳은 채로 4차선 고속도로를 쌩쌩 달리는 차들과 도로에 흩어진 예복가방을 공포에 질린 표정으로 바라보았다.

"저기!"

나는 도로 중앙에 클로에의 웨딩드레스가 들어 있는 커다란 쇼핑백을 발견하고 소리를 질렀다.

윌이 타고 오던 택시가 끼익 소리를 내며 바로 뒤에 멈추었고 우리는 각기 다른 방향으로 흩어져 달리는 차들을 피해가며 예복이 든 쇼핑백을 하나둘씩 챙기기 시작했다.

주위의 차들이 경적을 울려댔고 아스팔트 위로 타이어가 밀리며 고무 냄새가 사방에 진동했다. 내 귓가에는 거세게 뛰는 맥박 소리를 들렸고 머릿속에는 클로에의 웨딩드레스를 찾아야겠다는 생각뿐이었다. 그렇지 못할 때 어떤 일이 생길지는 차마 떠올리고 싶지 않았다.

나는 벤츠 운전자가 내뱉는 욕설에 화가 났지만 꾹 참고 도로 한복판으로 걸어갔다. 그리고 클로에의 드레스가 든 쇼핑백을 집어들고 손상된 부분이 없는지 살폈다. 맨 아랫단이 살짝찢어진 것을 제외하고는 괜찮아 보였다.

나는 밴으로 돌아와 맥스에게 쇼핑백을 넘겨주었다.

"드레스를 살펴봐줘."

나는 쭈그려 앉아 가쁜 숨을 몰아쉬면서 웨딩드레스에 이상이 없기를 마음속으로 간절히 기도했다.

"아무 이상 없어."

맥스가 안도한 듯 대답하는 소리가 시끄러운 도로 위에서도 또렷하게 들렸다.

"완벽해."

나는 숨을 골랐다.

"다행이야. 옷을 다 찾은 거야?"

나는 차 안을 살피며 몇 개나 수거했는지 확인했다.

윌이 품에 안은 옷을 쳐다보며 말했다.

"네 벌."

"여섯 벌."

맥스가 헐떡이며 다시 세어보았다.

"네 벌은 여기 있어."

내가 말했다.

"그럼 총 몇 벌이지?"

"열 네 벌. 전부 다야. 헨리, 반지를 전해주는 사람, 네 아버지, 클로에의 아버지, 클로에, 신부 들러리들, 조지, 너희 어머니, 화동까지. 맞지?"

윌은 아스팔트 위에 몸을 구부린 상태로 손가락으로 숫자를 세며 물었다.

나는 고개를 끄덕였다.

"이제 여길 빠져 나가자."

이번엔 누가 운전할지를 두고 싸우지 않았다.

* * *

호텔에 도착할 무렵 나는 마라톤을 완주하고 돌아온 사람처럼 지쳐 있었다. 우리는 주차요원에게 차를 맡기고 크리스틴을 만나 옷을 넘겨주었다. 그녀는 젖은 바닥 문제는 잘 해결되었다고 말하며 결혼식

진행 과정을 보겠냐고 물었다. 나는 괜찮다고 거절했다. 호텔로 가자마자 샤워를 하고 낮잠을 잔 뒤 클로에를 만날 것이다. 시계를 보니 결혼식까지 이제 세 시간이 남았다.

우리가 서 있던 곳으로 택시가 서더니 윌이 내렸다. 그는 손에 든 밝은 파란색 쇼핑백을 흔들어보였다.

"반지가 도착했어."

맥스가 어깨로 날 툭 쳤다.

"이제 드디어 결혼하는구나, 실감 나?"

나는 갑자기 긴장이 풀리는 것 같아 윌의 바보 같은 행동을 놀릴 생각도 못하고 고개를 끄덕였다.

"오늘 아무 사고도 치지 않은 사람이 누군지 알지?"

그가 이렇게 말하며 다가오다가 그만 발이 콘크리트의 갈라진 틈에 걸리면서 앞으로 고꾸라졌다. 윌이 손에 들고 있던 쇼핑백이 공중으로 붕 뜨더니 안에 들어 있던 반지 상자가 튀어나와 바닥으로 내동댕이쳐졌다. 막 광을 낸 결혼반지가 상자 밖으로 튕겨져 나와 인도로 굴러갔다.

누가 먼저 아스팔트로 몸을 내던졌는지 확신할 수 없지만 결국 맥스가 내 결혼반지를 찾았다. 백금으로 된 반지 한 가운데 깊게 패인 자국이 생겼다. 나는 화가 났지만 오늘 겪은 일이 두고두고 추억이 될 것 같았다. '네가 클로에의 웨딩드레스를 망쳐버릴 뻔했던 사건 기억나?' 라고 말이다. 반지를 잃어버려 앞으로 60년 동안 그녀의 분노를 사는 것보다 흠이 난 반지라도 있는 편이 훨씬 나았다.

“그리 나빠 보이진 않아.”

맥스가 말했다. 그는 반지를 손가락에 껴 내게 보여주었다.

“정말로 별로 표시가 안 나.”

우리 모두가 고개를 끄덕였다.

“이 일을 완전히 잊어버리는 방법이 뭔지 알아?”

윌이 말했다.

“그게 뭔데, 윌리엄?”

맥스가 물었다.

윌의 대답은 간단했다.

“술이지.”

* * *

나는 코가 삐뚤어지도록 마시지는 않았다. 오늘은 내 결혼식이니까. 그렇지만 친구들과 몇 잔 하고 나니 이번 주 내내 우울하던 기분이 한결 나아지는 것 같았다. 그리고 이 잘난 결혼식을 해낼 마음의 준비도 마쳤다.

혼자 준비를 하려니 이상했다. 혼자 샤워를 하고 면도를 하고 예복을 입었다. 다른 경조사라면 클로에가 옆에서 뭐라고 재잘재잘 거렸을 텐데. 하지만 인생에서 가장 중요한 결혼식을 코앞에 두고는 혼자 준비를 해야 했다. 나에겐 턱시도를 입어보는 게 처음이 아니기에 특별히 거울을 보며 매무새를 확인할 필요는 없었다. 하지만 오늘은 식장에서 클로에가 날 쳐다보고 걸어올 것이라 곰곰이 신경을 썼다. 그녀가 남편감으로 바라던 모습으로 앞에 서야 한다. 나는 손가락으로 머리를 매만지고 면도가 깔끔하게 되었는지 확인했다. 입에 치약이 묻지 않았는지 살피고 셔츠 커프스도 단정히 당겼다.

그리고 결혼식을 준비하면서 처음으로 어머니에게 문자를 보냈다.

밖으로 나가 결혼식 준비 과정을 살펴보니 그때까지 크리스틴에게 가졌던 일말의 의구심조차 모두 사라졌다. 식장에는 새하얀 천과 티파니 블루 빛 리본이 달린 의자들이 열을 지어 가지런히 놓여 있었다. 신랑 신부가 입장하는 길목에는 흰 꽃잎이 가득 흩뿌려져 있었다. 테이블은 크리스털과 은식기로 꾸며져 있었고 잔디 위에도 티파니 블루 리본 장식이 군데군데 보였다. 천장을 비롯해 꽃병에는 클로에가 가장 좋아하는 난초를 꽂아 은은한 향기를 더했다. 해가 막 지기 시작했고 모든 손님들이 이미 착석해 있었다. 나는 잠시 정신을 가다듬고 헨리의 어깨를 꽉 잡은 뒤 안으로 들어섰다.

크리스틴이 이제 식을 시작해야 한다고 손짓했다. 내가 고개를 끄덕이자 멋진 일몰을 배경으로 부드러운 음악이 연주되며 내 인생에서 엄청나게 중요한 순간이 시작되었다. 나는 어머니의 팔을 감싸며 자리로 안내했다.

“요리사들에게 물어봤니? 혹시 신선한….”

"어머니, 좀 이따가요."

나는 꾹 다문 치아 사이로 숨을 내쉬며 손님들을 향해 미소를 지어 보였다.

"괜찮니, 얘야?"

어머니를 혼주석에 앉히고 뺨에 입을 맞추자 이렇게 물어보셨다.

"네, 괜찮아요."

나는 어머니 뺨에 한 번 더 입을 맞추고 쿵쾅거리는 가슴을 억누르며 통로 끝에 있는 내 자리로 가서 섰다.

음악과 동시에 식이 거행되고 세라와 헨리가 처음으로 나타났다. 나는 멀리 서 있었지만 세라의 아름다운 모습이 한눈에 들어왔다. 세라는 환한 표정을 지으며 날 향해 걸어왔고 나중에는 거의 웃음을 터트리는 것 같았다. 알고 보니 그녀가 걸음을 옮길 때마다 하이힐이 젖은 바닥으로 빠지며 북북거리는 소리를 낸 것이다. 상황이 이보다 더 나빴을 수도 있다고 생각하며 나는 천천히 숨을 고르고 진정하려 했다. 결국 세라가 웃음을 터트렸다. 이것은 좋은 징조일까?

뒤쪽 좌석 근처에서 낄낄거리는 낮은 웃음소리가 새어 나오더니 세라와 내 동생이 나를 향해 다가올 때는 더욱 커졌다. 나는 웃음이 터지지 일보 직전인 헨리를 쳐다본 다음 세라를 향해 고개를 돌리고 그녀의 살폈다.

세상에.

이럴 수가.

둥글게 부풀어 오른 그녀의 배 위로 타이어 자국이 선명하게 찍혀 있었다.

그 순간 공포가 엄습했고 나는 로드킬을 당한 동물처럼 도로에 흩어져 있던 드레스를 얼른 떠올려보았다. 그 드레스는 세라와 아이가 마치 트럭에 치인 것처럼 보이게 했다. 나는 피가 몰린 듯 얼굴이 화끈거렸다.

"오, 제발."

내 입에서 탄식이 흘러나왔다. 클로에의 웨딩드레스에만 신경을 쓰느라 다른 드레스를 살펴볼 생각을 미처 하지 못한 것이다.

세라가 내 마음을 알아차리기라도 한 듯 괜찮다며 고개를 흔들어 보였다. 그러고는 뒤쪽을 보라고 손짓하며 입모양으로 '클로에는 완벽해요'라고 말했다.

나는 긴장을 풀기 위해 얼른 눈을 감았다. '클로에는 괜찮아. 그녀는 식칼을 들고 입장하지 않을 거야. 그러니까 진정 하라고, 베넷.'

음악이 바뀌고 350명의 하객이 자리에서 일어나 탄성을 질렀다. 나는 눈을 뜨고 다른 사람들과 마찬가지로 복도 끝에 서 있는 신부를 쳐다보았다.

나의 클로에.

모든 것이 한순간에 정리되며 평생 처음으로 다른 아무것도 신경이 쓰이지 않았다. 그때까지 머리 한 켠에 있던 업무에 관한 생각이 싹 사라지고 오로지 그녀만 보였다. 스프레드시트, 각종 지시사항, 인생의

세세한 부분들과 주변 사람들의 삶에 관여하던 복잡한 내 머릿속이 조용해졌다. 아주 자연스럽게 그렇게 되더니 마침내 머릿속에서 이런 말이 들려왔다. '똑바로 서서 정신을 집중해. 이 순간은 네 인생에서 평생 동안 내린 어떤 결정보다 중요하니까.'

클로에는 난초로 만든 부케를 들고 고개를 숙인 채 아버지의 팔짱을 끼고 서 있었다. 깔끔하게 올린 머리를 보니 어디든 눕혀놓고 머리를 풀어버리고 싶었던 과거와는 달리 이 모습 그대로 놔두고 싶다는 생각이 들었다. 그녀의 얼굴이 속속들이 드러나 아주 아름다웠다. 나는 이 순간을 멈춰 영원히 소장하고 싶었다.

클로에는 마지막까지 노력하는 모습이었다. 눈을 감고 생각을 걸러내면서 집중했다. 그녀도 모든 사태를 파악한 것이다. 클로에가 고개를 들어 나를 쳐다보자 세상이 멈추고 모든 것이 다 사라져버린 것 같은 기분이 들었다. 나는 미소를 지었고 그녀의 얼굴이 환해지는 것을 보고 내 머릿속에 떠오른 유일한 말을 그대로 옮겼다.

나는 낮은 목소리로 속삭였다.

"이리 와."

7

'심호흡을 해.'

들이쉬고 내쉬고.

'그저 350명의 사람들이 날 쳐다보고 있을 뿐이야.'

'그저 입장하는 길이 진창이 된 것 뿐이야.'

'그저 임신한 신부 들러리의 드레스 위에 타이어 자국이 있을 뿐이야.'

'그저 하루면 끝나는 결혼식일 뿐이야.'

'이 길의 끝에 내 사랑이 기다리고 있잖아.'

아버지가 내 팔을 끌어당기며 손을 꼭 잡았다.

"준비됐니, 얘야?"

나는 침을 삼키고 고개를 끄덕였다.

"아니오."

"베넷과 결혼하는 게 망설여지는 거니?"

나는 고개를 들어 아버지의 눈을 쳐다보며 웃었다.

"아니에요. 베넷이 망설여지는 것은 아니에요. 그냥… 지난 이틀 동안 걱정을 많이 했거든요. 신부 입장을 하는데 지진이 나지 않을까, 쓰나미가 오지 않을까 아니면…."

"그거야 지진이 날 수도 쓰나미가 올 수도 있지. 네가 그 상황을 막을 수는 없지만 적어도 네가 사랑하는 사람이 누군지는 알 수 있잖니. 자 그럼 이대로 결혼을 할까 아니면 어디 틀어박혀서 술이나 마실까?"

나는 아버지의 손을 꼭 잡고 한 걸음 발을 내딛어 단단한 콘크리트 바닥에서 물컹하게 젖어있는 잔디밭으로 내려왔다. 발이 곧장 잔디 속으로 빠졌고 발을 들어올릴 때마다 질퍽하는 소리가 났다. 아버지도 진흙밭에서 균형을 잃지 않으려고 애썼다.

"네가 깃털처럼 가볍다고 생각하렴."

아버지가 이렇게 속삭였고 우리는 곧장 웃음을 터트렸다.

"공기보다 가볍다고 말이야."

그렇게 우리는 모퉁이를 살짝 돌았고 나는 보고 말았다.

하객들.

그리고 결혼 당사자.

잠시 후면 내 남편이 될 사람.

나와 눈이 마주치자 베넷은 여태껏 내가 본 것 중 가장 환한 미소로 날 반겼다. 난 몇 초 동안 발을 뗄 수 없었다. 숨을 쉴 수 없었다. 할 수 있는 일이라고는 제단 앞에 서서 날 기다리는 베넷을 뚫어져라 쳐다보는 것뿐이었다. 그는 몸에 꼭 맞는 턱시도를 입고 완벽하게 아름다운 미소를 짓고 있었다. 현재의 내 기분과 꼭 맞아떨어지는 모습이었다. 마냥 행복하고 감격해서 쓰러지기 일보 직전인 상태.

그리고 '이리 와'라고 말하는 그의 입모양을 보았다.

그 순간 모든 것이 급해졌다. 나는 성급하게 아버지를 앞으로 잡아끌었고 내 재촉에 아버지가 조용히 웃음을 터트렸다. 나는 진흙밭으로 구두가 빠지는 것도, 리허설 때보다 더 빨리 움직여 내가 제단 앞에 도착해도 음악이 끝나지 않을 거라는 점까지 전부 무시했다. 하지만 신경 쓰지 않았다. 난 한시라도 빨리 베넷에게 가고 싶었고 그의 손을 잡고 결혼 서약에 빨리 '네'라고 대답하고 싶었다.

나는 몸을 구부려 진창에 빠진 구두를 벗었다. 구두를 한쪽 옆으로 치워두고 요란하게 튀는 진흙을 무시한 채 드레스를 발목 위로 걷어 올렸다. 하객들이 웃으며 박수갈채를 보냈고 나는 이에 미소로 화답하며 아버지를 재촉해 거의 뛰는 속도로 입장했다. 중간쯤 오니 잔디와 모래가 만나는 지점에 다다랐고 아버지가 날 멈춰 세웠다.

"이 길이 완벽한 비유구나."

아버지가 조용히 내 코에 입을 맞췄다.

"내가 널 여기까지 데리고 왔구나, 애야. 남은 길은 네가 가렴."

아버지는 내 뺨에 입을 맞추고는 팔짱을 풀었고 나는 꽃으로 장식된 모랫길을 따라 서둘러 베넷에게 가서 팔짱을 꼈다.

사방에서 카메라 셔터를 누르는 소리가 들렸다. 베넷이 날 안아 올리며 어깨에 키스하자 하객들이 환호성을 질렀다.

나는 하객들에게 우리가 어떻게 보일지 짐작이 되었다. 마치 한시라도 떨어지면 죽을 사람들처럼 꼭 붙어 있는 모습일 테지. 게다가 베넷이 날 들어올릴 때 맨발뿐 아니라 웨딩드레스 끝자락에 묻은 진흙과 얼룩까지 제대로 보였을 것이다.

그는 조심스럽게 날 내려놓으며 내 눈을 뚫어지게 쳐다보았다.

"안녕."

나는 울음과 탄식의 중간쯤 되는 비명이 올라오는 것을 꾹 참고 말했다.

"안녕."

우리가 호텔방에서 서로에게 덤비려는 찰나에 내가 가족들에게 납치를 당했기에 지금 그의 눈동자가 하는 말이 무엇인지 알 수 있었다. 그는 키스를 원했다. 그는 우리 둘을 떨리게 할 만큼 강렬한 욕망에 사로잡혀 있었다. 우리는 서로의 입술을 뚫어지게 바라보다가 입술을 핥았다.

‘좀 이따가.’ 내가 입모양으로 말했다.

그가 고개를 끄덕였고 우리는 당황한 기색이 역력한 제임스 마스터스 목사님 앞에 나란히 섰다.

목사님이 몸을 살짝 구부리더니 조용히 물었다.

“환영식은 끝났나요?”

목사님은 혼란스러운 표정으로 이내 메모를 살피더니 다시 우리를 쳐다보았다.

목사님의 다정한 표정과 타이밍에 나는 웃음을 터트리지 않으려고 입술을 깨물었다. 베넷은 즐거워하는 눈동자로 날 쳐다보더니 다시 목사님에게로 시선을 돌렸다.

“네, 목사님. 죄송합니다… 예비 신부와 제가 좀 격하게 인사를 나누었어요.”

그는 고개를 살짝 기울이며 웅얼거렸다.

“이게 처음도 마지막도 아닙니다만.”

“적어도 어떻게 시작하는지는 알고 있어요.”

내가 이렇게 말하자 옆에 서 있던 세라가 웃음을 너트렸다. 나는 그녀에게 부케를 건네준 다음 베넷을 마주보고 섰고 그가 내 손을 잡았다.

그와 함께 있으면 매 순간을 즐길 수 있었다. 목사님이 사랑과 결혼에 대한 개회사를 읽기 시작했다. 나는 모든 말을 새겨들었지만 그 와중에도 베넷의 멋진 표정에서 시선을 뗄 수 없었다.

내가 맹세를 하자 그가 가까이 다가왔고 맞잡은 손으로 그의 온기가 전해졌다.

그의 차례가 되었고 나는 모든 맹세를 말하는 그의 입술을 뚫어지게 쳐다보았다.

"당신의 연인이자 친구가 되기를 맹세하며…."

"힘들 때나 어려움이 닥쳐도 당신의 편에 서서…."

"당신의 가장 큰 지지자이자 가장 큰 라이벌로서…."

그가 눈을 반짝이더니 맹세를 하는 와중에 엄지손가락으로 내 손바닥을 간질였다. 그러고는 천천히 내 입술을 내려다보면서 자신의 입술을 핥았다.

'나쁜 놈.'

이내 베넷의 눈동자가 어두워졌고 목소리도 한층 낮아졌다.

"신의를 지키며, 충실하고, 당신에게 필요한 것을 그 무엇보다 우선시하며…이것이 클로에, 내 유일한 사랑이자 내 분신과도 같은 당신에게 하는 맹세입니다."

나는 갑자기 웨딩드레스가 너무 갑갑하게 느껴졌다. 불어오는 해풍이 너무 약하게 느껴졌다.

목사님이 날 쳐다보며 물었다.

"클로에, 이 남자를 법적으로 구속력이 있는 남편으로 맞이하겠습니까? 남편을 섬기고 아끼며 지금부터 기쁠 때나 슬플 때나, 돈이 많거나 적거나, 아프거나 건강하거나 관계없이 언제나 사랑하겠습니까?"

처음 대답하려고 했을 때는 감정에 격해져서 말이 나오지 않았다. 나는 가까스로 "네"라고 대답했다.

목사님이 이번에는 베넷을 향해 같은 질문을 했고 그는 한 치의 망설임도 없이 깊은 목소리로 대답했다.

"네."

우리는 서로 등을 돌리고 그는 헨리에게, 나는 세라에게서 결혼반지를 받았다. 목사님이 결혼반지의 의미에 대해 설명하는 동안 나는 흐뭇한 미소로 지켜보는 베넷의 손가락에 반지를 끼워주었다.

젠장, 반지를 낀 그의 손가락이 멋져 보였다. 이 남자는 이제 공식적으로 내 것이다. 그의 팔뚝에 내 얼굴을 문신으로 새길 수는 없지만 이 반지로 대신할 수 있다. 내가 손끝으로 부드러운 금속의 감촉을 느끼는데 베넷이 놀란 눈을 하며 손을 뒤로 뺐다. 내가 만지는 게 금반지에 엄청난 흠집이라도 낼 것처럼.

나는 그의 손을 잡아당겨 반지를 유심히 살폈다. 대체 이게 무슨 일이지? 반지에 진짜 흠이라도 난 것일까?

내가 고개를 들어 베넷의 얼굴을 살피자 그가 살짝 고개를 흔들었다.

"괜찮아."

그가 이렇게 속삭였다.

"이게 뭐예요?"

나는 숨을 고르며 물었다.

"나중에 설명할게."

그가 목소리를 낮추어 말했다.

나는 따가운 시선으로 그를 봤고 그는 웃지 않으려고 애를 썼다. 그때 목사님이 입을 열었다.

"이 두 사람이 결혼을 하는 데 반대하는 분이 계시다면 지금 말씀해주시거나 아니면 영원히 침묵해주세요."

하객들은 쥐 죽은 듯이 조용했고 나는 잠시 동안 베넷을 뚫어지게 쳐다보았다. 그때 갑자기 커다란 뱃고동 소리가 들려와 귀가 먹먹해졌다. 나는 양손으로 귀를 막았고 모든 하객들이 놀라 술렁거렸다. 여러 명이 고함을 질렀다. 뱃고동의 파장이 백사장을 가로질러 잔디밭 위로 울려 퍼지다 커다란 호텔 건물에 부딪혀 사라졌다.

"음."

베넷이 미소를 지으며 말했다.

"우주가 우리의 결혼에 이의가 있나 봅니다."

그 말에 모든 사람들이 웃음을 터트리며 박수를 쳤고 목사님은 환한 미소를 지으며 이렇게 선언했다.

"잘 알았습니다. 캘리포니아 주정부가 내린 권한으로 이제 두 사람을 남편과 아내로 선언합니다. 클로에, 신랑에게 키스하세요."

나는 이 작은 성취에 들떠 살짝 춤을 췄다. 베넷이 졌다는 듯 한숨을 쉬더니 내 쪽으로 몸을 구부렸다. 나는 맨발로 까치발을 하고 키 차이가 나는 내 남편(내 남편이라니!)을 잡아당겼다.

사람들이 쳐다보는 것쯤은 전혀 신경 쓰이지 않았다.

하객들이 우릴 보며 지금은 살짝 입을 맞추겠지만 나중에 더 진한 키스를 나눌 것이라고 생각하든 말든 중요하지 않았다.

중요한 건 바로 지금 이 순간 베넷은 내 남편이 되었지만, 그것을 제외하고는 모든 것은 전과 같다.

나는 숨이 막힐 정도로 꽉 껴안는 그의 방식이 좋았다. 그의 입술이 내 입술과 굳게 닿는 느낌이 좋았고 입술이 살짝 열리고 혀가 감미롭게 밀려들어… 한 번, 두 번, 세 번 그렇게 떨림과 급박함이 느껴질 때까지 있는 것이 좋았다. 베넷은 거칠게 숨을 내쉬며 내 혀를 맛보더니 낮은 목소리로 '오, 젠장, 클로에, 이곳에 우리 둘만 있었으면'이라고 말했다. 나는 그의 말에 곧장 입을 떼고 목사님 앞에서 턱시도를 벗기려고 덤볐다.

하객들이 박수를 치려다가 충격을 받아 얼어붙었고 우리는 숨을 고르며 바보처럼 미소를 지었다.

이제 막 부부가 된 사람들치고는 좀 격한 키스를 나눈 것이다.

"계속해, 이제 네 거야!"

조지가 소리쳤고 주디스 고모도 가세했다.

"이제 좀 여자에게 키스할 줄 아는데!"

그 말에 머뭇거리던 하객들이 일제히 우레와 같은 박수를 쏟아부었다.

"신사 숙녀 여러분."

목사가 혼란한 와중에 목소리를 높였다.

"베넷과 클로에 라이언 부부를 소개하게 되어 영광입니다!"

'클로에 라이언?'

나는 몸을 돌려 베넷을 차갑게 쳐다보았고 베넷은 아수라장 속에서 함박웃음을 짓고 있었다. 세라가 다가와 날 안았고 줄리아와 조지, 미나와 차례로 포옹했다. 우리 아버지가 손을 뻗어 내 얼굴에 감쌌고 뺨에 입을 맞추었다. 시부모님은 동시에 나를 안아주었고 헨리와 맥스는 날 들어올렸으며 윌은 뺨에 입을 맞췄다. 그리고 나서 베넷의 부드럽고 따뜻한 손이 내 팔을 감싸며 통로로 이끌어 사람들로 북적이는 곳에서 벗어나게 해주었다.

우리는 비틀거리며 진흙밭을 벗어나 젖은 발자국을 찍으며 테라스로 향했다. 베넷이 날 주방 안으로 데려갔고 음식을 준비하는 사람들이 놀라 하던 일을 멈추고 우리를 쳐다보았다. 베넷이 날 벽으로 밀치고 목, 턱, 귀, 입술에 키스하자 일순간 그릇이 달그락거리는 소리, 주문을 내리고 대답하는 소리가 모두 사라졌다. 그가 손을 올려 드레스 위로 내 가슴을 움켜잡았고 나는 배에 닿는 그의 페니스가 단단해지는 것을 느꼈다.

"오늘 밤."

그가 으르렁거리며 내 목에 키스 세례를 퍼부었다.

"오늘 밤 다리에 힘이 풀려 해변도 걷지 못할 만큼 아주 혹독하게 첫날밤을 보내게 해주겠어."

나는 웃음을 터트리며 팔로 그를 감쌌다. 그의 입술이 내 어깨에서 뺨을 따라 천천히 올라왔다.

"약속하죠?"

내가 물었다.

그가 숨을 내쉬며 다시 입술에 키스했다.

"약속할게. 제정신 아닌 우리 가족들 뒤치다꺼리를 끝내고 신혼여행지에서 당신 알몸을 만질 수 있기까지 이제 몇 시간이나 남은 거야?"

나는 그의 어깨너머로 시계를 찾아보았지만 눈앞에는 스무 명이 넘는 사람들의 놀라 휘둥그레진 눈과 떡 벌어진 입뿐이었다. 웨이터 한 명이 우리를 보고 너무 놀란 나머지 들고 있던 접시를 놓치고 말았다.

타일 위로 접시가 부딪히며 산산조각으로 깨지는 소리가 나자 주방은 드디어 원래의 모습을 되찾았다. 사람들이 빗자루와 쓰레받기를 찾으러 뛰어나가고 주방장은 다시 큰 소리로 주문을 내렸다. 베넷과 나는 사람들에게 조용히 사과를 한 다음 주방에서 나와 베란다 끝으로 갔다. 그곳에서는 진흙 잔디밭 근처에 모여 웨이터들이 제공하는 애피타이저를 즐기고 있는 하객들의 모습이 한눈에 들어왔다.

나는 몸을 쭉 뻗어서 베넷의 귀에 대고 속삭였다.

“우리는 방금 결혼식을 올렸어요. 그 말은 이제 당신이 공식적으로 내 남자 하인이 되었다는 뜻이에요.”

베넷의 긴 손가락이 내 옆구리를 파고들어 간질이고 동시에 반대편 손이 쟁반 위에 놓인 샴페인 잔을 들어 내게 건넸다. 그는 자신의 것도 한잔 집어든 다음 조용히 내 잔과 부딪혔다.

“우리를 위해 건배해, 여보.”

“우리를 위하여.”

하객들이 사진을 찍기 위해 모여들자 맥스는 우리를 보고 어서 오라고 손짓했다. 세라가 조지의 농담에 웃음을 터트리며 몸을 돌릴 때 나는 그녀의 드레스를 제대로 볼 수 있었다.

베넷이 길게 한숨을 쉬는 걸로 보아 그 역시 나와 같은 반응을 보인 것이 분명했다. 우리는 손을 잡고 사진가가 삼각대를 세워둔 곳으로 향했다.

“드레스 말이에요.”

내가 말을 꺼냈다.

“응.”

그가 침울하게 말했다.

“드레스가 말이지.”

“대체 무슨 일이에요, 밀스 씨?”

내 성을 붙여 베넷을 부르자 그가 쳐다보았다.

"우리가 세탁소에서 예복을 찾고 나오는데 깜박 잊고 차 뒷문을 닫지 않았어."

베넷은 뒤늦게 칵테일을 마시러 테라스로 향하는 손님들을 향해 일일이 인사를 한 다음 조용한 장소를 찾아 하객 무리의 뒤쪽으로 날 데리고 갔다.

"당신이 묻기 전에 나머지도 말할게. 윌이 내 결혼반지를 찾아오고 나서 반지 상태가 어떤지 확인해보려다가 주차장에서 넘어져서 반지를 떨어뜨렸어. 지금부터 2초 뒤면 당신은 욕실에서 무릎을 꿇고 있을 테니까 드레스나 반지나 진흙탕이 된 잔디밭 일로 화를 내고 싶으면 지금 해. 그것보다 당신 입에 내 페니스를 물려주는 일이 더 시급하다는 점은 알아줬으면 좋겠어. 화를 내고 나면 사진촬영, 춤, 음식, 케이크, 길고 격렬한 섹스에 대해서는 완전히 잊어버리게 될 테니 신중하게 대답해, 라이언 부인."

* * *

피로연장으로 돌아와 보니 테라스에 놓인 커다란 스피커에서 음악이 흘러나오고 있었다. 나는 오늘 있었던 각종 사건들과 내 옆에 있는 남자들 덕에 술이 오르고 흥이 났다. 그는 한 번도 내 손을 놓지 않았지만 만약 놓으려고 했어도 내가 놔주지 않았을 것이다. 나는 손가락 사이로 움푹 패인 결혼반지가 주는 날카로운 감촉이 좋았다. 베넷이 계속 내 손등에 입을 맞추는 것도 마음에 들었지만 그는 어쩌면 반지가 계속 내 손에 끼어 있는지 확인하고 싶은 것 같았다.

우리는 계속 술을 마셨고 하객들과 몇 시간 동안 인사를 나누며 서로를 소개해주었다. 손님들은 애피타이저를 즐기며 모두가 살짝 취한 상태로 흥분했다. 사실 이렇게나 많은 사람이 우리의 결혼을 축하하기 위해 참석해주었다는 사실이 좀 놀라웠다. 저녁 식사가 나올 무렵 하객들은 더욱 흥이 올랐고 거의 십 초마다 한 번꼴로 나이프로 유리잔을 치며 키스를 하라고 막무가내로 요구해댔다.

요구사항은 점차 진해졌고 이러다 그가 나를 테이블 위에 눕혀버리는 건 아닌지 걱정되기 시작했다. 그때 크리스틴이 밴드의 연주가 시작된다고 알렸다. 또다시 나이프로 유리잔을 두드리는 소리가 울려 퍼지자 베넷이 내게 몸을 구부리고 이렇게 말했다.

"한 번 더 내 입속에 혀를 넣었다가는 피로연장 밖으로 데리고 나가 당신을 침대에 눕힐 거야. 라이언 부인."

"그렇다면 참아야겠네요, 밀스 씨. 난 지금 케이크가 먹고 싶거든요."

그는 눈을 감고 가볍게 내 입술에 키스했다. 그는 어쩜 부드럽고도 거친 키스를 할 수 있는 거지?

우리는 하객들이 숨을 죽이고 지켜보는 가운데 댄스 플로어 중앙으로 걸어 나갔다. 전주가 흘러나오자 베넷이 영악한 미소를 짓더니 양손으로 날 가까이 끌어당기고는 엉덩이를 붙잡았다. 사람들의 환호성이 터져 나왔고 나는 불편한 듯 고개를 흔들며 그를 올려다보았다. 물론 불편해서 그런 것은 아니었다.

구두가 없으니 우리의 키 차이가 엄청났다. 내가 힐을 신지 않고 있어서 결혼식 축하 무대에서 그와 눈높이를 맞추지 못한다는 사실이 싫을 뿐이었다. 그래서 발끝을 세우고 그의 품에 안겼다. 30초쯤 지났을 때 그가 내 허리를 잡고 날 번쩍 들어올렸다. 우리는 그제야 얼굴을 마주보았고 내 발은 바닥에서 몇 십 센티미터쯤 떠올라 대롱거렸다.

"좀 나아?"

그가 걸걸한 목소리로 물었다.

"훨씬 좋아요."

나는 손가락으로 그의 머리카락을 휘감으며 입술을 포갰다.

사방에서 카메라 플래시가 터지는 소리가 났다. 베넷이 날 안고 춤추는 장면이 엄청나게 찍혔을 것이다. 사람들이 사진에 나온 내 더러운 발을 보고 참 완벽한 결혼식이었다고 생각하겠지.

긴 간주가 흐른 뒤 마침내 노래가 끝났고 베넷이 날 바닥에 내려놓았다.

"사랑해."

그가 내 얼굴을 이리저리 살피더니 입술을 뚫어지게 쳐다보았다.

"나도 사랑해요."

"세상에. 당신이 내 아내라니."

나는 웃으며 대답했다.

"우리는 결혼했어요. 미친 짓이죠. 누가 이렇게 만들었을까요?"

그는 전혀 웃지 않았다. 대신 진지한 눈길로 차분하게 말했다.

"좀 이따 당신과 아주 거칠게 섹스 할 거야."

그 말을 듣자 난 온몸이 상기되고 떨렸다.

베넷이 내 손을 놓고 뒤로 안아 몸을 밀착하자 내 엉덩이가 반쯤 발기한 그의 페니스를 눌렀다. 그의 입에서 조용히 신음이 새어 나왔다.

"지금 당장 그렇게 하고 싶지만 참고 있어."

그가 말했다.

"왜냐하면 내 아내가 케이크를 먹고 싶어 하거든."

새로운 곡이 시작되자 우리는 잠시 떨어졌다. 아버지가 내 등에 살며시 손을 얹었다. 베넷은 어머니와 포옹했다. 우리는 각자 부모님과 춤을 추며 서로를 어깨너머로 쳐다보고 미소 지었다. 나는 눈을 감고 행복한 순간을 즐겼다.

"네 엄마가 있었다면 아주 기뻐했을 텐데."

아버지가 내 뺨에 입을 맞추며 말했다.

나는 고개를 끄덕였다. 엄마가 보고 싶었다. 엄마는 옷도 잘 사 입지 않았었고 오로지 가족만 생각하는 사람이었다. 항상 다정했고 과도하게 날 보호해주었다. 엄마가 베넷을 보았다면 처음에는 탐탁지 않게 여겼을 것이다. 그런 생각을 하니 웃음이 났다. 엄마는 좀 더 자상하고 정서적으로 교감할 수 있는 따듯한 성품을 지닌 상대를 찾아보라고 했을 것이다. 하지만 그가 날 쳐다보는 눈빛과 손끝으로 내 눈부터 턱까지 쓸어내리는 모습, 아무도 보지 않을 때 살짝 내 손등에 키스하는 모습을 엄마가 보았다면 그가 지구 상에서 아버지를 제외하고는 날 가장 사랑해주는 유일한 남자라고 인정했을 것이다.

아버지 역시 베넷과 함께 시간을 보내보다 그를 사위로 받아들였다. 1년 전, 비즈마크로 다 같이 휴가를 갔을 때 아버지는 베넷에게 쉴 틈 없이 바비큐를 굽게 했었다. 마침내 밤이 되어 우리 둘만 남게 되자 나는 어린 시절 쓰던 침대에서 카우걸처럼 요란스럽게 베넷에게 올라탔다. 그 후에는 아버지가 우리와 함께 뉴욕에서 일주일 간 머물렀던 적이 있다. 예상대로 베넷은 첫 며칠 동안은 늦게까지 일을 했고 아버지는 남자라면 가족에게 물질적인 것뿐만 아니라 정신적인 안정감도 제공해줄 줄 알아야 한다며 못마땅해하셨다.

그러던 어느 날, 아버지가 물을 마시러 주방에 내려왔다가 자정을 훌쩍 넘겨 들어온 베넷의 무릎을 베고 내가 소파에 누워 있는 모습을 보게 되었다. 나는 그날 있었던 일들에 대해 재잘거렸고 베넷은 내 이야기를 들으며 손으로 내 머리를 쓰다듬어주었다. 베넷은 아무리 지치고 피곤한 날도 나와 함께 보내는 시간을 거를 수 없다고 말했다. 다음날 아버지는 베넷을 불러 어젯밤 물을 마시러 왔다는 것도 잊고 우리를 보고 그 자리에 넋이 나간 듯이 5분간 서 있었다고 말했다.

어깨너머로 남편의 깊고 진솔한 웃음소리가 들려왔다. 배 아래쪽에서부터 끓어올라 조용하면서도 행복하게 입 밖으로 흘러나오는 웃음을 말이다.

"좋은 시간 보내고 있어요?"

나는 대화를 나누는 두 사람을 쳐다보며 물었다.

"내 새 아들에게 말없이 조언을 해주고 있단다."

나는 아버지를 나무라는 표정으로 쳐다본 뒤 베넷을 봤다. 그는 조금 놀란 눈치였다.

"네 남편에게 자초지종을 들어보려무나."

아버지는 날 끌어안아 볼에 입을 맞추고는 자리를 비켜주었다. 이내 베넷이 다가와 귓가에 이렇게 속삭였다.

"장인어른이 방금 손자 5명을 보고 싶다고 하셨어."

커다란 스피커를 통해 진짜 파티는 지금부터 시작이라는 듯 현란한 베이스 기타 소리가 울려 퍼졌다. 하객들이 댄스 플로어로 우르르 몰려나왔고 우리는 그 틈에 물을 마시러 내려왔다. 고모들을 양쪽에 낀 윌이 우리 곁을 지나쳤다.

고모들은 아주 자연스럽게 윌을 가운데 두고 걸었다. 윌이 고개를 뒤로 젖히며 웃음을 터트렸다.

"사랑의 신 한나, 당신은 어딨는 거야?"

윌이 소리쳤다.

연회장 맞은편에 있던 한나가 손에 들고 있던 후르츠 칵테일을 내려놓고 반짝거리는 약혼반지를 낀 손을 들어 보이며 이렇게 말했다.

"그게 이 반지의 의미인가요? 당신을 구하러 가야 하나요?"

윌이 열렬하게 고개를 끄덕이며 소리쳤다.

"맞아!"

한나는 딱한 처지에 있는 윌을 한참 쳐다본 뒤 그에게 다가가 고모들 틈에서 그를 빼내어 팔짱을 꼈다. 나는 미소를 지으며 베넷을 쳐다보았다.

"우리도 이제 그만 갈까?"

그가 내 입술을 쳐다보며 물었다.

하객들이 자리를 뜰 줄 몰라 이 파티는 몇 시간은 더 계속될 것 같았다. 하지만 난 지금 객실로 올라가 남편의 턱시도를 벗기고 싶었다.

"한 시간만 더 있다가요."

나는 가까스로 이렇게 말하며 재킷 주머니에서 그의 손을 꺼내 시계를 보았다. 겨우 8시 30분이었다.

"한 시간만 더 있어봐요. 그러고 난 다음 난 오롯이 당신 차지가 될 거니까."

* * *

3시간 가까이 춤을 추고 술을 마시고 있는데 맥스와 윌이 남자들끼리만 한잔하자며 베넷을 데리고 갔다. 나는 헨리와 미나와 함께 바에서 이야기를 나누고 있는데 베넷이 갑자기 뒤에서 다가와 내 허리를 팔로 감았다.

"지금이야."

그가 내 귀에 키스하며 속삭였다.

나는 도련님과 동서에게 미소를 지어보이며 베넷에게 몸을 기댔다.

"나한테 신호를 보내는 거예요?"

우리가 퇴장하는 길에 꽃잎이나 쌀알이 뿌려지진 않았다. 윌과 헨리는 그 대신 칵테일 냅킨을 집어들더니 바에서 걸어 나가며 손님들을 향해 손을 흔드는 우리에게 냅킨을 마구 뿌려주었다.

"모두들 안녕히 주무세요! 와주셔서 감사해요!"

나는 환호와 휘파람 소리에 화답을 했다

베넷도 손을 흔들며 다른 한 손으로 날 가까이 끌어당겼다.

"이제 가자."

"여러분 모두를 뵙게 되어 너무 좋았어요!"

나는 가족과 친구들한테 시선을 고정한 채 계속 손을 흔들었다.

그러자 베넷이 날 질질 끌더니 번쩍 들어올려 자기 어깨 위로 걸쳤다. 이를 본 하객들이 요란하게 박수를 쳤고 베넷의 뒤통수로 또다시 냅킨이 날아왔다.

그 상태로 로비로 데려간 그는 자신의 품안에 내리고는 내 목과 턱, 입술에 키스했다.

"준비됐어?"

나는 고개를 끄덕였다.

"네."

엘리베이터를 향해 몸을 돌리자 그가 커다란 손으로 내 이마를 감쌌다. 그러고는 다른 손으로 주머니에 있던 눈가리개를 꺼냈다.

"뭐하는 거예요…?"

나는 살짝 불안한 미소를 지으며 물었다.

"로비에서 뭐하는 짓이에요?"

"이디로 좀 내려가려고."

"우리 방은 위층이잖아요."

내가 조용히 투덜거렸다.

"당신이 좋아하는 큰 침대와 취향대로 고를 수 있는 넥타이들도 거기 있고."

나는 누가 들을까 봐 목소리를 낮추었다.

"러브젤도 협탁 서랍 안에 들어 있잖아요."

그가 피식하고 웃더니 코로 내 턱을 비볐다.

"리무진에 내 성적 취향에 딱 맞는 넥타이와 젤과 몇 가지 다른 것들을 넣어놨어."

"다른 거 뭐 말이에요?"

"나만 믿어."

베넷이 말했다.

"우리 어디 가는 거예요?"

그가 내 손을 잡아 끌자 몸이 앞으로 쏠렸다.

"나만 믿으라고."

"비행기를 탈 건가요?"

그가 장난스럽게 내 엉덩이를 때리며 으르렁댔다.

"도대체 이 여자야. 날 믿으라고."

그러고는 귀에 대고 속삭였다.

"오늘 밤 내게 오르가슴을 선물할 거예요?"

그가 날 자신의 몸으로 바짝 당기더니 이렇게 말했다.

"그게 내 계획이니까 그만 입 다물어."

8

베넷은 나를 리무진 뒷좌석에 태운 다음 살짝 흘러내린 눈가리개를 다시 제대로 고정시켰다. 부드러운 천이 얼굴을 절반이나 감쌌다. 눈치 빠른 이 남자는 내가 몰래 곁눈질 할 것을 알고 폭이 넓은 눈가리개를 준비해온 것이다. 눈앞이 완전히 깜깜했다. 하지만 그가 내 가까이 앉아 있는 것은 알 수 있었다. 그가 내 쇄골을 가볍게 빨아 당길 때마다 깔끔하고 상쾌한 세이지 향이 풍겼다.

"어디서 시작할 거예요?"

나는 팔을 더듬거려 그의 팔을 잡아 내 몸에 둘렀다.

웅얼거리는 그의 웃음소리가 쇄골을 따라 전해졌고 내 웨딩드레스 아랫단이 천천히 들어올려지는 기척이 났다.

베넷의 손끝이 무릎을 간질이더니 허벅지 안쪽으로 들어가 은

밀한 곳을 감싼 얇은 흰 레이스에 닿았다. 그는 팬티 속으로 손가락을 집어넣고는 이미 축축해진 날 만졌다.

"젠장."

그가 씩씩거렸다.

"제기랄, 클로에."

그가 손을 빼더니 이번에는 손가락 두 개를 깊숙이 밀어 넣었다.

"오늘은 부드럽게 하지 않을 거야."

그가 내 목을 뒤로 젖히며 깊숙이 들어왔고 난 가까스로 속삭였다.

"잘됐네요. 나도 조심스럽고 느린 섹스는 원치 않아요."

"하지만 오늘은 신혼 첫날밤이야."

그가 진지한 척 말했다.

"당신을 깃털 침대에 고이 눕히고 애정을 듬뿍 담아서 쾌락을 맛보게 해주어야 하지 않겠어?"

나는 그의 손을 잡고 안으로 더 강하게 밀어 넣었다.

"온몸에 멍이 들고 욱신거려 움직이지 못할 정도가 되면 그렇게 해줘요."

내 말에 그가 사악하게 웃었다. 그 웃음소리에 억눌려 있던 욕망이 느껴져서 등줄기로 식은땀이 흘렀다. 그의 가쁜 숨소리가 귓가를 간질였다.

"그러니까 거칠게 해도 된다는 거지?"

나는 고개를 끄덕였고 갑자기 목이 메었다.

"장려하는 바예요."

"살짝 음탕해도 괜찮아?"

내가 고개를 끄덕이자 그가 신경질을 냈다.

"말을 해."

나는 숨을 내쉬며 떨리는 목소리로 대답했다

"당신이 음탕했으면 좋겠어요. 당신이 조바심을 치며 거칠게 덤벼줬으면 좋겠어요. 그게 내가 원하는 거예요."

베넷이 손목을 비틀어 세 번째 손가락을 내 안으로 깊이 집어넣었다. 나는 결혼반지의 서늘한 감촉과 단단함에 센세이션이 느껴졌고 신음하기 시작했다. 그의 엄지손가락이 클리토리스 위로 원을 그리며 희롱했지만 그는 내가 원하는 지점은 절대 건드리지 않고 능숙하게 피해갔다.

자동차 경적이 점점 크게 다가오는가 싶더니 이내 조용해졌고 자동차 바퀴가 요철이 있는 도로면을 지날 때 나는 쿵쿵거리는 소리가 들렸나.

"지금 코로나도를 떠나는 거예요?"

"맞아."

"비행기를 탈 거예요?"

내가 재차 물었다.

"내 손길이 만족스럽지 않아?"

그가 안달난 목소리로 말했다.

"… 뭐라고요?"

나는 무슨 뜻인지 몰라 되물었다.

"손가락 세 개로 섹스를 해주고 있는데 왜 도로 상황에 신경을 쓰는 거야?"

"내가…?"

그가 손을 빼더니 내 어깨를 잡아 리무진 바닥에 끌어내렸다. 나는 무릎을 꿇고 앉았다. 그가 나와 몸을 밀착시키려고 움직이는 기척이 느껴졌다. 그의 다리 사이가 내 얼굴로 다가왔다. 베넷이 벨트를 풀고 지퍼를 내리고 팬티를 벗는 소리가 조용히 들렸다.

"이리 와."

그가 내 뒷머리를 잡으며 내뱉었다.

"빨아."

거칠게 말했지만 그는 조심스럽게 날 리드했다. 자신의 억눌린 욕망과 막 결혼식을 미친 현실 앞에서 허둥대는 사람 같았다. 우리는 지금 이 순간을 두고 수도 없이 이야기해왔다. 결혼을 하고 마침내 둘만이 오붓하게 남았을 때 달라질 현실과 마주하는 것 말이다. 하지만 막상 그런 상황이 오니 베넷은 살짝 긴장한 것 같았다.

결혼한다고 해서 특별히 달라질 것은 없을 거라고 우리는 생각했었다. 그저 반지를 나눠 끼고 서류에 도장을 찍는 것뿐이니까.

여전히 서로에게 모질게 굴다가 상처를 주는 일이 반복될 것 같았다.

우리는 침실에서 어떤 일이든 허용자는 데 동의했다. 화가 나는 데 숨긴다거나 욕망을 감추지 않기로 맹세했다.

나는 그의 페니스를 삼켜 조심스럽게 혀를 움직였다. 베넷은 내 머리를 잡지 않고 주먹을 쥔 상태로 가만히 있었다. 그는 엉덩이를 들썩거리며 내 쪽으로 몸을 구부리지 않고 꼼짝하지 않고 좌석에 몸을 고정했다.

그래서 나는 지금 든 생각을 실행에 옮기기로 했다. 그의 페니스에서 입을 떼고 발등 위에 앉았다.

그의 숨소리가 차츰 거칠어졌지만 도로를 달리는 소리만큼 크지 않아서 차안은 조용해졌다.

마침내 그가 떨리는 목소리를 억누르며 말했다.

"왜 그래?"

'왜 그러냐고? 왜 이렇게 얌전해졌어, 베넷.'

이 순간 그의 표정을 볼 수 없다는 게 납납했지만 내가 왜 이러는지는 알고 있을 것 같았다. 베넷은 한숨을 길게 내쉬며 물었다.

"젠장, 왜 멈추냐고?"

'그래야지.'

"그 이유는 당신이 알잖아요."

투박한 손길이 날 들어올리더니 다시 리무진 바닥으로 내동댕이쳤다. 내 등이 반대쪽 의자 모서리에 부딪혔다. 베넷의 무릎 한쪽이 내 머리 근처 좌석에 닿았고 그는 아무 말 없이 내 입을 강제로 벌려 페니스 끄트머리를 밀어 넣었다.

"빨아."

이번에는 화와 욕망이 뒤섞인 목소리였다. 그의 목소리를 느낄 새도 없이 그가 내 머리를 잡아 페니스를 더 깊이 밀어 넣었다. 잠깐 손을 놓는가 싶더니 이내 머리를 잡고는 더 깊이 더 길게 밀어 넣기 시작했다.

차가 멈추자 베넷이 인터컴을 눌러 날카롭게 "기다려"라고 말했다. 그는 내 얼굴을 잡고 쉰 목소리로 탄식했다.

"젠장, 클로에."

그 한마디가 내 욕망에 불을 지펴 나는 손을 뻗어 그의 엉덩이를 붙잡았다. 강렬한 삽입과 동시에 단단하게 수축되는 엉덩이 근육이 느껴졌다.

아무것도 보이진 않았지만 그가 더 깊숙이 들어올 때마다 그의 부드러운 음모가 내 얼굴에 스쳤다. 난 최대한 강하게 빨아들이며 그에게 최고의 순간을 맛보게 해주고 싶었다. 나는 정말로 오럴섹스를 해주고 싶었다.

"미친 듯이 황홀해."

그의 쉰 목소리와 움직임을 통해 사정이 임박한 것을 알 수 있었다.

“입술과 혀의 감촉이 좋아.”

나는 한 손을 아래로 내려 고환을 감싼 다음 그 뒤쪽을 살짝 두드리며 희롱했다.

“바로 그거야.”

그가 씩씩거리며 엉덩이를 들썩였다.

마지막으로 길게 삽입한 뒤 그가 사정했고 내 목구멍으로 그의 오르가슴이 흘러내렸다. 그가 비명을 지르며 천천히 몸을 빼더니 페니스의 끝부분만 입가에 남겨두었다. 그가 몸을 완전히 빼자 나는 고개를 들었고 그가 엄지손가락으로 내 입술을 닦아주는 듯했다.

베넷은 아무 말 없이 내 눈가리개를 다시 매만지고 진하게 키스했다. 그의 혀가 곧 내 혀와 만났다.

“날 맛보는 것이 좋다고 해줘.”

그가 속삭였다.

“당신을 맛보는 것이 너무 좋아요.”

그러자 내 대답이 사실인지 확인하듯 베넷이 내 다리 사이로 손을 뻗어 레이스 속옷 안으로 손가락을 밀어 넣었다.

“당신이 입으로 해주는 것이 너무 좋아.”

그가 몸을 구부리고 내 입술에 대고 웃었다.

“그리고 당신 입에 섹스 하는 것도.”

이제 그는 부드러운 손길로 나를 만졌고 쾌락을 주는 것보다는 탐험을 하는 것 같았다. 그는 조용히 신음하더니 손을 치웠다. 바지를 챙겨 입고 옷매무새를 다듬는지 부스럭거리는 소리가 났다.

이내 베넷이 내 손을 잡았다.

"자, 라이언 부인. 도착했어요."

* * *

확실히 우리는 호텔 안에 있는 게 분명했다. 엘리베이터 소리, 트래버틴 대리석 바닥 위로 여행 가방을 끄는 소리가 들렸다. 우리가 지나갈 때 사방이 조용해지는 것으로 보아 우리가 어떻게 보이는지 짐작이 됐다. 베넷이 눈가리개를 한 맨발의 신부를 품에 안고 안에 뭐가 들어 있을지 모를 짐 가방을 어깨에 둘러맨 상태로 걸어가고 있을 테니까.

"여기는 호텔이에요?"

"쉬잇."

그가 내 관자놀이에 키스하며 속삭였다.

"거의 다 왔어."

그는 날 가볍게 이끌며 일정한 보폭으로 걸었다. 나는 그의 목에 키스하며 물었다.

"사람들이 다 우리를 쳐다보고 있어요?"

그가 고개를 돌리더니 내 귀에 대고 조용히 웃었다.

"당연하지."

엘리베이터에 오르자 친숙한 냄새가 났다. 그가 치밀한 계획으로 날 속여서 우리가 다시 델 호텔로 돌아왔을 가능성은 없을까? 하지만 그랬다면 이유가 뭘까?

우리는 아무 말 없이 엘리베이터를 탔다. 나는 그의 목을 잡은 손을 꼼지락거리며 층수를 알리는 음성을 들으며 단서를 찾아보려고 했다. 그러자 베넷이 손으로 내 무릎 뒤쪽을 잡으며 다시금 날 안심시켰다.

"당신 괜찮아?"

그가 물었다.

내가 고개를 끄덕였을 때 엘리베이터가 멈추고 문이 열렸지만 베넷은 움직이지 않았다. 나는 엘리베이터에 우리 말고도 다른 사람이 있다는 사실을 깨달았다. 우리의 최종 목적지가 어디든 간에 첫날밤을 치르러 가는 것이 분명한 상태에서 그들의 눈에 우리가 어떤 모습으로 비춰질지 궁금했다.

또 다른 층에 도착했을 때 베넷이 발걸음을 옮겼고 끝도 없이 이어지는 복도를 걸어갔다.

"당신이 내 안에 들어왔으면 좋겠어요."

나는 그의 따뜻한 목에 대고 말했다.

"곧 그렇게 될 거야."

"날 기다리게 하지 않을 거예요?"

"난 당신이 도착해서 나체가 되길 바랄 뿐이야. 그 이후의 계획은 따로 설명이 필요 없지."

걷는 느낌이 왠지 모르게 익숙했고 모퉁이를 도는 것과 몸의 자세 등을 통해 불현듯 알 수 있었다.

맞아.

'당연해.'

그가 멈춰서더니 주머니에서 열쇠를 꺼내 문을 열었다.

나는 눈가리개를 벗을 필요조차 느끼지 못했다.

베넷이 조심스럽게 날 내려놓자 나는 손을 뻗어 눈을 가린 천을 풀었다. 맞아. 2년 전에 우리가 묵었던 W호텔의 객실이다. 그때와 같은 객실. 같은 소파, 같은 침대, 같은 발코니에 소형 주방이 딸린 것도 똑같다. 물론 지금은 부서진 책상이 사라지고 없지만.

이곳은 우리가 처음으로 서로의 것이 되었다는 걸 깨닫게 된 장소다.

베넷이 물끄러미 내 얼굴을 보며 내 반응을 유심히 살피고 있다는 것을 알았지만 일주일 내내 가족들, 결혼식, 성혼서약 등 갖가지 심경으로 복잡한 상태였던 지라 갑자기 아무 생각도 들지 않았고 그저 머리가 띵했다.

베넷이 뒤로 다가와 목에 키스하며 물었다.

"당신 괜찮아?"

"괜찮아요."

"우리는 이 방에서 서로를 발견했고, 우리는 함께 있어."

그가 이렇게 말하고는 내 어깨에 키스했다.

"가장 행복한 애증 관계가 되었잖아."

"확실히 그렇네요."

이제 그가 날 바닥에 엎드리게 한 뒤 드레스를 찢고 섹스 할지 궁금해졌다.

그렇지만 그의 눈동자는 맑고 신중했다. 그는 가까이 다가와 내 턱에 입을 맞췄다.

"당신에게서 아주 좋은 향기가 나."

"왜 이렇게 구는 거죠? 호텔에 오자마자 난리 날 줄 알았는데."

"차에서 당신 입에 사정을 하고 나니 욕구가 좀 누그러들었어."

나는 눈을 감고 머릿속으로 그때의 기억을 떠올렸다.

"이런 행동은 처음이고 더는 어떻게 해야 할지 모르겠어요."

내가 말했다.

"말했잖아. 우리가 관계를 가지기 시작한 뒤로 다른 사람은 만나지 않는다고."

"그 말은 손에 열쇠를 쥐어준다면 가지겠다는 뜻인가요?"

"오늘 밤은 휴전하기로 해. 오늘 밤만이야."

그가 간청하며 내게 절박하게 키스했다.

나는 눈을 떴다.

"그날의 상황을 얼마나 재현할 건가요?"

베넷이 모르겠다는 듯 어깨를 으쓱거리더니 어린아이처럼 순진한 미소를 지었다.

"욕실에서 했던 싸움은 생략하는 것이 좋겠지만 페니스를 물어서 날 깨워주었던 것은 꼭 다시해줬으면 좋겠어."

그는 다시금 내게 키스하고는 고개를 들어 내 얼굴을 곰곰이 살폈다.

"솔직히 말해서, 클로에, 당신이 웨딩드레스를 벗었으면 좋겠어. 몇 달 동안 살을 맞대지 못한 느낌이야."

나는 아무 말 없이 고개를 끄덕였다. 계속 긴장한 채로 있다가 베넷이 커다란 손으로 등을 쓰다듬어주고 웨딩드레스 단추를 풀어주자 안도의 한숨이 흘러나왔다. 나는 끈이 없는 작은 브라와 평생 입어본 것 중 가장 가느다란 티팬티 차림으로 그 앞에 섰다.

베넷은 아무 말 없이 번개처럼 손을 뻗어 팬티를 벗긴 다음 한 손으로 브라를 붙잡고 야만스럽게 찢었다. 나는 반사적으로 가슴을 가렸고 심장이 콩닥콩닥 뛰었다.

"오늘 밤에 입을 만한 다른 옷이 있어?"

그가 입구에 내려놓은 가방을 가리키며 물었다.

"내 생각에는…."

그는 이미 고개를 흔들었다.

"옷을 입을 필요는 없어. 아침에는 모르겠지만 지금은 아니야."

베넷이 내 어깨에 키스하더니 거칠게 가슴, 엉덩이, 허벅지를 어루만졌다.

"내 옷을 벗겨 줘."

갑자기 그 앞에 이렇게 서 있는 것이 비현실적으로 느껴졌다. 그는 수천 번도 넘게 내 나체를 봐왔고 이렇게 명령하는 것도 늘 있는 일이었다. 하지만 이번에는 아주 부담스럽게 느껴졌다. 우리가 매일 밤마다 하던 편안하고 본능적인 섹스가 아니었다. 베넷이 내 옷을 벗기고 내게 자신의 옷을 벗겨 달라고 요구한 뒤 우리의 추억이 담겨 있는 호텔의 멋진 침대에서 결혼한 상태로 하는 섹스이다.

'신혼 첫날밤'이라는 말이 머릿속에 계속 맴돌았다. 어쩌면 그도 리무진에서 이런 기분을 느꼈을지도 모른다. 기억에 남을 수 있도록 제대로 해야겠다는 압박감 말이다.

와이셔츠 깃에서 넥타이를 풀어 빼내는 내 손이 떨리는 것을 애써 무시했지만 그는 이내 알아차리고 한 손으로 내 양 손목을 꽉 붙잡았다. 그리고 다른 손을 아래로 내리더니 다리 사이로 들어가 날 벌리고 긴 손가락이 클리토리스를 지나 가장 젖어 있는 곳으로 들어갔다.

"왜 떨고 있는 거야, 라이언 부인?"

나는 살짝 안달이 나서 그가 키스를 하려고 다가왔을 때 그의 아랫입술을 깨물었다. 하지만 이내 눈을 감고 긴 손가락이 부풀어 오른 내 클리토리스 속으로 들락거리는 감촉을 즐겼다. 그는 내 대답을 기다리며 손길을 멈췄다.

"조금 긴장해서요, 밀스 씨."

나는 솔직하게 대답했다.

그의 눈동자가 휘둥그레지더니 잡은 내 손을 놔주었다.

"당신이? 당신이 긴장했다고?"

그는 고함을 지르려는 것인지 웃음을 터트리려는 것인지 알 수 없는 표정을 지었다.

"나와 함께 있는 것이 긴장된다고?"

나는 어깨를 으쓱거리며 대답했다.

"그냥…."

"당신이 긴장했다고?"

이번에는 목소리가 변했다. 짧은 말 속에 놀라움이 묻어났다. 웃음을 터트리려는 쪽이 분명했다

나는 그의 커프스단추를 풀어 발아래 카펫으로 떨어뜨렸다.

"지금 날 비웃는 거예요?"

그는 천천히 고개를 저었지만 사악한 미소를 지었다.

"맞아."

손으로 그의 셔츠를 움켜쥐고 잡아당기자 단추가 우두둑 소리를 내며 바닥으로 떨어졌다.

"신혼 첫날밤에 신부를 비웃는 거예요?"

그가 긴장한 표정을 지었지만 내가 탐욕스럽게 가슴을 어루만지자 이내 얼굴이 부드러워졌다.

"물론이야."

"당신은 어떤 괴물이죠?"

나는 그의 가슴을 살짝 긁으며 놀렸다.

그러자 베넷이 입술 한쪽을 끌어올리며 완벽한 미소를 지었다.

"당신 다리가 거꾸로 붙은 것처럼 아주 강한 섹스를 해줄 괴물이지."

내가 웃음을 터트리고는 장난스럽게 밀치자 그가 웃음을 참다가 거칠게 혀를 밀어 넣고 키스하며 날 빨아들였다.

"어서, 클로에. 내가 쉽게 흥분한다는 거 알고 있잖아."

그가 웅얼거리며 말했다.

"난 이미 준비가 됐어."

나는 손을 아래로 내려 단단해진 페니스를 만졌다. 베넷이 내 턱을 빨고 목에 대고 신음하자 몸이 떨렸다. 그는 욕망에 굶주린 손길로 내 등과 엉덩이를 어루만졌고 나는 그에게 밀착한 채 손길을 즐겼다.

"쓸데없는 불안감은 접어두고 얼른 날 벗겨줘."

그가 씩씩거리며 신발을 벗더니 몸을 구부려 양말도 벗었다.

그러고는 안달하며 양복바지와 팬티도 벗었다. 베넷은 손으로 내 허리를 잡고는 날 침대로 데리고 갔다. 그는 내 앞에 무릎을 꿇고 두 손으로 엉덩이를 감싸고는 고개를 숙여 내 배꼽에 입을 맞췄다. 손에 낀 결혼반지가 욕실의 흐린 불빛에 반짝였다.

"우리는 결혼했어."

그가 차분한 목소리로 이렇게 말하더니 배꼽에 다시 입을 맞췄다.

"난 당신이 마음 놓고 쉴 수 있는 휴식처가 되어줄 거야. 항상 그럴 거야."

나는 잘 알았다는 의미으로 손으로 그의 머리를 살짝 당겼다. 난 이 남자에게 최선을 다했고 최악인 모습도 여과 없이 보여주었다. 그는 내 실체를 알고도 날 더 많이 사랑해주었다. 베넷과 함께 있을 때 가장 편안하고 안심이 되었다.

그의 입술이 움직이더니 갈비뼈를 지나 가슴을 핥다가 치아로 내 젖꼭지를 살짝 물었다. 그리고 자리에서 일어나 내 목에 키스하며 위로 올라왔다. 머리카락이 눈썹 위로 흘러내리고 눈동자는 짐승처럼 이글거렸다.

"우리가 얼마나 많이 이렇게 함께 있었지?"

나는 모르겠다는 듯 어깨를 으쓱거렸다.

"백만 번쯤?"

"지금도 계속 불안해?"

그가 내 왼손을 들어 결혼반지 위에 키스하며 조용히 물었다.

나는 혀가 곧장 내 손가락을 핥는 것을 보고 이렇게 속삭였다.

"지금은 아니에요."

내 대답에 베넷의 얼굴 표정이 진지해졌다.

"우리가 이렇게 함께 있는 것이 행복해?"

나는 고개를 끄덕이며 쉰 목소리로 대답했다.

"너무 흥분돼요."

그가 키스하자 그의 입에 대고 말했다.

"당신을 만난 것이 내 인생에서 최고의 행운이라 생각해요."

"생각한다고?"

그가 고개를 들어 양손으로 내 얼굴을 꽉 붙잡더니 엄지손가락을 입속에 넣었다. 그리고 어둡고 장난스런 미소를 지었다.

"그렇게 생각한다고?"

나는 고개를 끄덕이고 그의 손가락을 물었다.

"빨아."

내가 손가락을 핥고 혀를 돌리자 그가 몸을 떨었다.

그의 페니스가 아주 단단해졌고 온몸에 힘이 들어가더니 내 얼굴을 잡은 손길이 크게 떨렸다.

"날 쳐다봐."

나는 우리 사이에 똑바로 솟아오른 페니스에서 눈을 뗄 수 없었다.

"날 쳐다보라고."

그가 화를 냈다.

나는 그가 왜 화를 내는지 몰라 눈을 끔벅거렸다. 그는 엄지손가락을 더 깊숙이 밀어 넣어 내 혀를 눌렀다. 그리고 조용히 신음하더니 천천히 손가락을 꺼냈다. 나는 손가락을 살짝 깨물었다.

고요한 침묵이 흘렀다. 베넷은 단호한 표정으로 내 얼굴 구석구석을 살피더니 젖은 엄지손가락 끝부분을 내 아랫입술에 이리저리 비볐다.

"결혼이라니."

그가 혼잣말을 하듯 조용히 중얼거렸다.

나는 그의 솔직함과 감정이 고스란히 드러나는 적갈색 눈동자, 날렵한 입매, 각이 지고 고집 세 보이는 턱선이 좋았다. 헝클어진 머리칼과 음식을 삼킬 때 도드라지는 커다란 목젖도. 떡 벌어진 어깨, 조각과 같이 탄탄한 팔뚝, 세상에서 가장 섹시한 손가락도 좋았다. 그의 복근, 엉덩이, 우리 둘 사이에 길고 두껍게 튀어나와 있는 페니스도 사랑했다.

그렇지만 무엇보다도 그의 지성, 침착함, 지조, 유머감각이 마음에 들었다. 게다가 날 사랑해주는 방식도 너무 좋았다.

그가 고개를 갸우뚱거리며 물었다.

"무슨 생각을 그렇게 하고 있어, 라이언 부인?"

"내가 당신 몸을 너무 좋아하니까 당신의 어리석은 모습쯤은 참아줄 수 있다는 게 얼마나 다행인지 생각했어요."

그 말에 베넷이 내 허리를 감싸고 날 들어올려 매트리스 위로 던졌다.

"우리가 결혼한 이 시점에서 그 말을 참아줄 거라고 생각한다면…."

그가 침대 위로 기어오르더니 내 몸 위로 다가왔다.

"그렇다면 내 말이 맞는 거죠?"

나는 말을 이어받아 손으로 그의 목을 감쌌다.

그는 내게 키스하고서 한쪽 입꼬리만 살짝 들어올리며 웃었다.

"그래, 사실이야."

베넷과 단둘이 있을 때면 종종 시간이 멈추고 온 세상이 다 사라져버린 것 같은 기분을 느낀다. 나는 오늘 밤을 기대하며 긴장했지만 그의 체중이 몸 위로 실리고 입술이 내 목과 어깨, 가슴에 닿자 본능이 발동했다. 그래서 손바닥으로 그의 등과 어깨를 어루만졌다. 그가 다시 입술로 돌아와 혀를 이리저리 밀어 넣자 숨이 가빠왔다. 흥분한 그의 목소리가 점차 거칠어져서 입술이 내 목 아래로 내려가더니 온몸 구석구석을 핥았다.

나는 이 남자가 나보다 내 욕망을 더 잘 안다고 생각했다. 그는 나를 어떻게 만지고 사랑해야 할지 알고 있고, 내 몸에 무엇이든 할 수 있도록 만드는 법을 안다고 생각했다. 그의 손이 내 허벅지를 벌리고 엄지손가락이 원을 그리다 클리토리스의 중앙으로 미끄러져 들어갔다. 시선을 내 얼굴에 고정한 채 입술로 젖꼭지를 물며 내 쾌락을 갈망하는 그를 보면서 나는 불안한 마음을 떨쳐버렸다. 우리는 베넷과 클로에로서 영원히 함께할 것이다. 라이언 군과 밀스 양. 밀스 씨와 라이언 부인. 남편과 아내. 개자식과 못된 여자로서 말이다.

그는 내 다리 사이에 무릎을 꿇고 엉덩이를 붙잡고는 젖은 내 안으로 들어가다가 페니스를 배꼽 위로 다시 올려놓았다. 나는 목에서 맥박이 고동치는 것을 느꼈고 갑자기 더는 참을 수 없었다. 그래서 엉덩이를 들썩이며 그가 내 몸 위로 체중을 실고 귓가에 신음 소리를 흘려주기를 간절히 바랐다.

"시작하기 전에 뭔가 심오한 말을 해야 할까?"

그가 미소를 지으며 나를 내려다보았다.

"한번 해봐요."

나는 그의 배를 긁었다.

"하지만 억지로 하지는 말아요."

내 젖꼭지를 가볍게 꼬집으며 그가 고개를 숙이더니 내 턱을 물고 야금거렸다.

"어쨌든 당신을 사랑해."

그가 안으로 들어오자 난 몸이 떨렸고 안도감에 비명이 새어 나왔다.

"어쨌든 나도 사랑해요."

"기분이 정말 미칠 듯이 좋아."

"맞아요."

나는 그의 엉덩이에 손바닥을 올리고 그가 더 깊숙이 들어오고 다시 솟아올라 추진하는 모든 움직임을 느꼈다. 베넷의 입술이 내 뺨을 가로질러 이러 저리 움직이다가 귀와 입으로 다가왔다. 그렇게 다시 턱으로 내려가서는 목으로 향했다. 그는 목이 멘 채로 절박하게 말했다.

"정말로."

"아, 제발, 클로에, 이러지마."

"비명을 들려줘. 내게 들려 달라고."

"당신 기분이 어떤지 말해봐. 원하는 것이 무엇인지도 말해."

나는 그의 목에 진하게 키스했다. 그는 어깨를 웅크리며 점점 더 안으로 들어왔다.

"더 빨리, 더 깊이, 더 많이 해주세요."

그는 내 다리 사이로 무릎을 밀어 넣고 허벅지를 잡더니 다리를 더 넓게 벌렸다.

"젠장, 클로에, 당신은 너무 아름다워."

나는 커다란 그가 내 속으로 들어오는 것을 느꼈다. 그의 눈동자가 내 피부를 부드럽게 어루만지는 듯한 기분에 쾌락이 더욱 커졌다.

"몸을 아래로 내려봐"

그가 속삭였다.

"내가 어디로 가는 것이 좋은지 느껴보라고."

나는 그가 시키는 대로 했고 페니스가 내 손끝 위로 움직였다.

"촉감이 어땠는지 말해봐."

"젖었어요."

나는 그를 쳐다보며 대답했다.

"단단하고요."

베넷의 시선이 불타오르더니 페니스를 잡고 있는 내 손가락을 쳐다보았다. 그러고는 매력적인 미소를 짓고 한마디를 던졌고 내 가슴은 쿵 하고 내려앉았다.

"나도 알아."

그가 내 헝클어진 머리를 잡고 더러운 발 한쪽을 들더니 자신의 엉덩이 위로 걸쳤다.

"이 꼴 좀 봐, 이 욕심 많은 여자야."

그는 내가 겁에 질려 두 다리로 그의 허리를 꽉 감쌀 때까지 깊숙이 삽입했다 배 속에서 성냥불이 켜지고 불타올라 다리 사이로 번지는 것 같았고 참을 수 없는 욕구가 커져만 갔다.

내가 절정에 임박한 것을 감지했는지 베넷이 더 깊숙이 들어와서는 오르가슴에 도달할 수 있도록 집중했다. 그의 이마에 땀이 맺히더니 머리카락을 타고 흘러내려 내 가슴과 온몸으로 떨어졌다.

"얼마나 좋은지 말해봐."

그가 낮은 목소리로 명령했다.

"나는… 나는…."

그의 엉덩이가 날카롭게 움직이더니 더 강하게 안으로 들어왔다.

"말해봐, 클로에, 섹스가 얼마나 좋은지 말이야."

나는 이미 녹아내리기 시작해서 대답이 나오지 않았다. 그는 거칠었다. 야성적인 손길과 강인한 추진력으로 날 침대에 눕혀놓고 계속해서 내 안으로 들어왔다. 나는 눈을 감았고 차가운 담요 위에 뺨을 기댔다. 하지만 그가 내 머리를 잡아 고개를 돌리자 그의 입술이 목에 닿으며 따뜻한 입김이 젖은 피부 위로 고스란히 전해졌다. 그는 내 어깨를 따라 키스하고 혀로 맛보고 치아로 피부를 물고 빨며 아래로 내려갔다. 나는 등을 구부리고 그가 삽입할 때마다 엉덩이를 들어올려 더 깊숙이 받아들였다. 온몸이 욕구를 분출하려는 욕망으로 떨려와 손으로 시트를 움켜쥐었다.

그렇지만 그는 내가 원하는 것을 곧바로 주지 않고 시간을 끌며 애를 태웠다. 그리고 마침내 단호한 얼굴을 하더니 전보다 더 절박한 욕망을 담아 허리를 돌리며 아주 강렬한 오르가슴을 느끼게 만들었다. 난 그의 품속에서 몸을 떨며 눈물을 흘릴 뻔했다. 내 속에서 낮고 육중한 웅신거림이 척추를 타고 폭발해 액체와 같은 열기로 바뀌어 팔다리로 쏟아졌고 발가락은 쾌락으로 오그라들었다. 젠장, 이런 기분은 참으로 오랜 만이다. 나는 밀려드는 페니스를 조금도 놓치지 않고 삼키려는 욕망으로 그를 감싸고 잡아당겼다. 심장이 너무 세게 뛰어 갈비뼈를 뚫고 나올까 내심 걱정도 되었다.

갑자기 안도감이 밀려들었다. 그는 영영 바뀌지 않을 것이고 지금처럼 욕심 많고 요구사항 많은 개자식으로 남을 거라는 강렬한 안도감에 나는 그를 꼭 껴안고 호흡이 안정될 때까지 가만히 있었다. 그에게 바라는 것이 있냐고 묻자 베넷은 신음하며 이렇게 대답했다.

"당신이 주도해줬으면 좋겠어. 날 완전히 파괴해줘."

나는 미소를 지으며 천천히 그의 몸 위로 올라탔다.

그의 온몸은 땀에 젖어 축축했고 머리카락은 헝클어졌으며 근육질의 부드러운 구릿빛 팔과 다리는 딱딱하게 뒤틀려 있었다. 그의 눈동자는 내가 할 행동을 기대하는 듯 뜨겁게 불타올랐다. 나는 그를 내려다보았다. 엉망이 된 머리카락, 반짝이는 적갈색 눈동자, 내 입술에 취했던 그의 입술과 벌겋게 달아오른 피부, 맥박이 고동치는 목의 혈관까지. 나는 그의 가슴 한가운데를 쓸어내리며 배꼽을 거쳐 그 아래로 이어지는 음모를 타고 아직 단단하고 예민하게 내 손길에 반응하는 페니스에서 손길을 멈췄다.

"싫어요."

나는 손을 다시 상반신으로 올리며 그를 느꼈다. 세상은 정말로 불공평하다. 베넷 라이언이 남자 매춘부가 된다면 더 많은 여성들이 이 몸을 즐기겠지.

하지만 솔직해지자. '그런 건 싫어.'

"싫다고?"

그가 인상을 쓰며 물었다.

"당신이 날 지치게 만들었잖아요."

나는 어깨를 움츠리며 대답했다.

"난 피곤해요."

"클로에. 젠장, 내 것을 당신 입에 넣어."

"그게 좋아요?"

베넷이 콧날을 번뜩이더니 무의식적으로 엉덩이를 들어올렸다.

"자, 클로에."

"'부탁이야'라고 말해요."

그가 불쑥 자리에서 일어나더니 낮은 목소리로 말했다.

"클로에, 부탁이니 날 조여줘."

나는 웃음을 터트리며 그에게 안긴 다음 손으로 땀에 젖은 머리카락을 쓰다듬었다. 그리고 이내 몸을 숙이고 입술에 키스하며 그를 맛보고 그의 신음을 즐겼다. 그는 날 웃게 해주고, 비명 지르게 만드는 사람이다. 도대체 왜 그런지 알 수 없지만 그는 날 진정으로 이해해주는 유일한 사람이자 불가능할 정도로 날 좋아해주는 사람이다. 베넷 라이언이라서, 내 잘생긴 개자식에게 나는 키스했다.

그가 내 입술에 대고 웃는 것이 느껴졌다. 웃음소리에 조용한 떨림이 전해왔고 그가 나직히 속삭였다.

"사랑해."

나도 고개를 끄덕이며 속삭였다.

"저도요. 정말로 사랑해요."

"그렇다면 진지하게 말할 테니 잘 들어, 라이언 부인."

그가 말했다.

"페니스를 입에 넣어."

처음 느낀 그대로

펴낸날 **초판 1쇄 2016년 9월 28일**

지은이 **크리스티나 로런**
옮긴이 **공민희**
펴낸이 **심만수**
펴낸곳 **(주)살림출판사**
출판등록 **1989년 11월 1일 제9-210호**

주소 **경기도 파주시 광인사길 30**
전화 **031-955-1350** 팩스 **031-624-1356**
홈페이지 **http://www.sallimbooks.com**
이메일 **book@sallimbooks.com**

ISBN 978-89-522-3480-3 03840
르누아르는 살림출판사의 로맨스 문학 브랜드입니다.

※ 값은 뒤표지에 있습니다.
※ 잘못 만들어진 책은 구입하신 서점에서 바꾸어 드립니다.

이 도서의 국립중앙도서관 출판시도서목록(CIP)은 서지정보유통지원시스템 홈페이지(http://seoji.nl.go.kr)와 국가자료공동목록시스템(http://www.nl.go.kr/kolisnet)에서 이용하실 수 있습니다.(CIP제어번호: CIP2016022173)

책임편집 · 교정교열 **배정아**